書下ろし

横浜コインランドリー

今日も洗濯日和

泉ゆたか

祥伝社文庫

CONTENTS

第1章 再びコインランドリー

1

「はあ……」

店内に、今日何回目かのため息が漂っていく。

頭の中に法律用語が浮かんでは消え……。

使用中のガス式乾燥機の中に、温かい風を送る音がブーンと鳴り響いている。

そのドラムの中を、柔らかい音を立てて色とりどりの洗濯物が舞っている。

向こうの洗濯機からは、ザーッと夕立《ゆうだち》のようなシャワーの音。

たくさんの洗濯物に、大量の水と洗剤の白い泡が勢いよく降り注《そそ》ぐ。家庭用の洗濯機では、こんなにたくさんの水と泡で洗濯物をざぶざぶ洗うことはできない。

いつもなら、ずっと眺めていたい、どんな悩み事もすっきり洗い流してくれる心地《ここち》良い光景なのに……。

「うーん、どうしよう……」

そう言いながら、中島茜《なかじまあかね》は乾燥機にくるりと背を向けた。

このところ、ぐるぐる回る洗濯物を眺めていると、難しい法律用語が頭の中で渦《うず》を巻くような気がする。

「どうしたらいいんだろう……」

使われていない洗濯乾燥機の丸くて分厚いガラスドアを拭《ふ》きながら、茜はまたため息をついてしまう。

仕上がりを待つお客さんがいなくてよかった。

ガラスドアの内側のゴムパッキンに溜《た》まった埃《ほこり》は、綿毛のように白くてふわふわしている。ドラムの中はぴかぴかに輝いていて、微《かす》かに洗剤の匂《にお》いと乾燥機を回した名残《なごり》の温《ぬく》もりが残る。

どこまでも清潔でいい匂いがする、心地良い職場だと改めて思う。

この三月まで働いていた、あの恐ろしい不動産会社とは雲泥《うんでい》の差だ。

なのにこのところ、頭を埋めつくす悩み事のせいで調子が出ない。

「いったいどうすれば……」

　茜が働くヨコハマコインランドリーは、スタッフ常駐のコインランドリーだ。

　みなとみらい線の元町《もとまち》・中華街《ちゅうかがい》駅から徒歩五分ほどの、大通りから一本入った緩《ゆる》い坂道沿いに立つ、赤いレンガ造りの古いマンションの一階にある。

　店内はコンビニの半分くらいの広さで、それほど広くはないけれど、明るい色の床のおかげで広々として見える。窓辺にはコーヒーを飲めるカウンターテーブルがある。間口が広く、出入口のある壁が一面ガラス張りなので、外から見るとまるでカフェのようだ。

　元からあった古いコインランドリーを、前の持ち主から経営を引き継《つ》いだ店長の新井真《あらいま》奈《な》が、お洒落《しゃれ》で清潔感のある店舗《てんぽ》に改装したのだ。

　立地的には、ホテルニューグランドや横浜マリンタワーなどがある海辺の山下《やました》公園エリアと、異国情緒溢《あふ》れる洋館や外国人墓地などがある坂の上の山手《やまて》エリア、それに屋台が立ち並び料理の油の匂いが漂う雑然とした中華街エリアの、ちょうど真ん中あたりに位置している。

　海沿いのタワーマンションの住人から、中華街のカプセルホテルに泊まる外国人バックパッカーまで、さまざまな人たちが入れ替わり立ち替わり、洗濯をしにやってくる。

「おはようございます！」

自動ドアの開く音と一緒に、爽《さわ》やかな声がした。

大きなランドリーバッグをいくつも抱えた宅配会社のドライバーさんが、日に焼けた肌に白い歯を見せて、これまた爽やかに笑った。

「おはようございます。いつもありがとうございます！」

物思いに沈んでいた茜は、はっとして駆け寄った。

「お届けは三つになります。見た目よりは軽いですが、かさばるので奥まで運びましょうか？」

「ぜんぜん大丈夫です。こちらで受け取ります」

受け取ったランドリーバッグは、大きさのわりに驚くほど軽い。おまけにふわふわだ。

どうやら中身は羽毛布団《ぶとん》のようだ。

数日前のテレビ番組で、コインランドリーなら羽毛布団が丸洗いできる、と紹介された影響で、急に宅配での羽毛布団の洗濯代行サービスの利用が増えていた。

「暑い中、いつもありがとうございます」

茜は配達伝票に丁寧《ていねい》な字でサインをした。

もう九月も半《なか》ばだというのに、真夏のように暑い日が続いていた。

「いえいえ、これが仕事ですから」

ドライバーさんは誇らしげに胸を張る。

「あ、ちょっとお待ちくださいね」

バックヤードに駆け戻って、冷蔵庫からよく冷えたペットボトルのお茶を持ってきた。

「これ、真奈さんからです」

「いつもありがとうございます。そういえばこの間いただいたお菓子も、すごく美味《おい》しかったです。店長さんにお礼をお伝えください」

「崎陽軒《きようけん》の黒ごま餡《あん》のミニ月餅《げっぺい》ですね。あれ、美味しいですよね！」

茜は身を乗り出して大きく頷《うなず》いた。

ヨコハマコインランドリーの店長、新井真奈は、横浜近辺の美味しいものにとても詳しい人だ。

先日、真奈がふと思い付いたように「茜さん、これお土産《みやげ》です」と買ってきてくれた崎陽軒のミニ月餅は、猫の手くらいの大きさなのにずしんと重くて、みっちり詰まった黒ごま餡の香ばしさが絶品だった。

シウマイが大人気の崎陽軒でこんなに美味しいお菓子を売っているなんて、真奈に貰《もら》って初めて知った。

「ミニサイズっていうのもありがたいですね。甘さもちょうどよくて、一口で食べられるので」

「わかります。仕事の合間に食べると、目の前がぱあって明るくなりますよね」

ドライバーさんと交《か》わすほんの一分ほどの会話のおかげで、少し気が紛《まぎ》れた。

ドライバーさんを見送りがてら、茜は箒《ほうき》とちりとりを持って表に出た。

一歩外に出ると、わっと熱気が押し寄せてくる。

海が近いせいか、横浜の日差しは灼熱《しゃくねつ》のぎらついた光でも、どこかセピア色がかって懐《なつ》かしく思えるから不思議だ。

案外強く吹く潮風の中でしばらく掃除をしていたら、ミラーサングラスを掛けた色鮮《あざ》やかな男の人が現れた。常連の大塚《おおつか》だ。

「茜ちゃん、おはよー。相変わらずめちゃくちゃ元気そうだね」

相変わらず大雑把《おおざっぱ》だね、とでも言われているように聞こえる。けれどまあ、「元気なさそう」なんて言われるよりは百倍ましだからいいか。

「大塚さんには負けますけどね。この暑さなのに、走ってきたんですか？」

大塚は離婚してからも、二人の息子さんと家族四人で暮らしていた山下公園近くのタワーマンションで独りで暮らす、エリートサラリーマンだ。洗濯が終わるまでの間、窓際のカウンターテーブルでコーヒーを飲みながら、得意げにアップルマークが輝くノートパソコンを開いて過ごすのがいつものスタイルだ。

店長の真奈に一目惚《ひとめぼ》れして唐突なプロポーズをし、あっさり玉砕《ぎょくさい》した。もしも茜ならば、振られた相手がいるコインランドリーになんて気まずくて絶対に通えないが、何もなかったかのような顔で相変わらずやってくる。

きっと真奈のことを諦《あきら》めていないに違いないと、茜が追い払おうとしたこともあったが、何だかんだで今でもしつこくやってくる。

別れて一年で前の奥さんが再婚したときは見るも無残に萎《しお》れきってしまい、どうなることかと心配したが、どうやら表面的には、〝お洒落なオジサン〟に戻れる程度には復活できたようだ。

「いや、走ってないよ。今日の気温はさすがに危険な感じだから、とりあえずファッションだけ決めてみた」

大塚はスポーティーな細身のスウェットパンツに蛍光イエローのＮＩＫＥのＴシャツ、足元にはお気に入りらしいマルチカラーの、同じＮＩＫＥのエアマックス95を合わせている。

「朝のコーヒー、よろしくね」

「はいはーい。少々お待ちくださいね」

茜は受付カウンターにあるコーヒーメーカーでコーヒーを淹《い》れた。

乾燥機から流れてくる匂いとコーヒーの香りは、どちらも香ばしい。

大塚は洗濯物を洗濯乾燥機に入れて、早速カウンターテーブルでノートパソコンを広げていた。

「コーヒー一丁、お待ちどおさまです！」

「ありがとう。はい、百円」

ヨコハマコインランドリーでは、百円で何杯でも飲める、サービスのコーヒーを出す。初回のお客様は無料だ。

「そういえば今日は火曜日ですよ？　お仕事に行かなくてもいいんですか？　曜日間違えていませんか？」

大塚のリモートワークの日は、確か月曜日と金曜日のはずだ。

「今日は有休取って心と身体《からだ》のメンテナンス。最近、鮮やかなハイパフォーマンスの維持には、敢《あ》えて休みを取るのがすごく大事なんだなって思い知ってさ」

「鮮やかなハイパフォーマンスの維持、ですか。なんだかすごいことになっていますね。頑張ってくださいね」

「ビジネスマンは、みんなアスリートと同じなんだよ。心身のメンテナンスも仕事のうち」

大塚はまるでフィギュアスケートの選手のような口振りでそう言って、パソコンの画面をこちらに向けた。

「わあ、可愛《かわい》い！」

ベージュのふわふわの毛並みの仔犬《こいぬ》が、お花畑を駆け回っている動画だ。

「この仔、ほんとうにいつも嬉《うれ》しそうな顔してて、すごく癒《い》やされるんだよね」

「ゴールデンレトリバーの仔犬ですね。垂《た》れ目で黒目がちで、前脚《まえあし》がうんと大きくて、お顔はいつもにこにこしているんです」

「へえ、茜ちゃん、よく知ってるね」

「実家で飼っているネネちゃんと同じ犬種なんです。ネネちゃんの小さい頃にそっくりです。ああ、可愛い……」

でれでれになりかけて、はっとした。

――ネネちゃん。

急に胸の中に暗い雲が広がるような気分になる。

「ど、どうしたの？　この動画に、そんな顔になる要素あった？」

大塚が明らかに引いたような顔をした。

「この動画を観《み》ていたら、すごーくネネちゃんに会いたくなっちゃったんです」

「ネネちゃん、かわいそうに。ネネちゃんは、きっと茜ちゃんのことをいつもお空の上から見守って……」

「ネネちゃんは十二歳の今も元気いっぱいです！　北海道で両親と暮らしています」

父親の定年退職を機に、両親は長く暮らした埼玉の家を引き払い、生まれ故郷の北海道にUターンしてしまった。そのときネネちゃんも連れて行ったので、今頃のんびりした生活を送っているはずだ。

「そうなんだ。じゃあ、連休貰って会いに行けば？」

大塚がきょとんとした顔で言う。

ああ、それができればどれだけいいだろう。

「……ネネちゃんに会うのは、クリーニング師の試験に合格してからって決めているんです」

茜は肩を落とした。

休みも寝る間もろくに与えられず、お客さんに不人気物件を押し付けるような強引な営業をして、心身共に疲弊《ひへい》しきっていた不動産会社時代の暗黒の日々——。

その会社を後先考えずに辞《や》めてから、ここヨコハマコインランドリーでアルバイトとして働き始めたことで、ようやく新しい道に踏み出せた。洗濯についてもっと学ぼうと、国家資格であるクリーニング師の試験に向けて猛勉強中だ。それに無事合格して、自分に自信が持てたら両親とネネちゃんに会いに行こう。

そんなふうに前向きに思えるようになったはずだった。

なのに最近、また元気を失《な》くしていた。できないことにばかりに目が向いて、どんどん自信を失ってしまう。

「つまり、勉強がうまくいってないってことね？」

大塚に図星を突かれて、うぐっとなった。

「大人になってからの勉強って、〝コツ〟があるんだよね。うまくコツを摑《つか》まないと、気力と睡眠時間だけが削られてすごく焦るよね。幸い俺は、学生時代から勉強で苦労したことは一度もないけど」

大塚がまるで職場の部下にでもするかのように、得意げな顔をした。

「そうでしたか。じゃあ、そんな人にはきっと私の悩みはわからないでしょうから、放っておいてください」

頼って欲しそうな雰囲気が満々だったので、わざと言う。

「ちょ、ちょっと待って。茜ちゃん、それはもったいないよ。せっかくここに、有益なアドバイスをくれる人間がいるんだからさ。何でも訊《き》いて」
大塚が慌《あわ》てて自分を指さした。
「アドバイスいただけるんですか？　それじゃあ、その〝コツ〟とやらを教えてくださ
い」
大塚のもったいぶった物言いは癪《しゃく》に障《さわ》ったけれど、正直なところ、気になってたまら
ない。
仕事を終えてからクリーニング師試験のテキストを開こうとすると、どっと精神的疲労
感に襲われて少しも集中力が続かなかった。
やりたくてたまらないことだったはずなのにうまくできなくて、いったい私は何をして
いるんだろうと情けなくなった。
「〝コツ〟ね。人それぞれ違うから、参考になるかわからないけどさ」
大塚がすごく嬉しそうな顔をして話し出した。
「俺は、やっぱり形から入るかな」
「へっ？」
「このスポーツウェアとか、スニーカーとかさ、有名メーカーの最新テクノロジーが使わ
れた、結構高いやつなんだけどさ。買うとすごく気分が上がるんだ。結果、きちんとラン

ニングの習慣ができてるんだよね。正直、俺レベルの軽いランニングなら、Tシャツにジャージ、すり減った靴でも余裕でできちゃうんだけど。でも、そこは良いものを揃《そろ》えることに意味があるんだよ」

大塚が自分の蛍光イエローのTシャツを指さす。

「勉強の話……ですよね？」

「ランニングも勉強も同じだよ。それをすることが楽しみになるように、形から入るのが絶対におすすめ！　気がついたら習慣になっているよ」

「形から入る、ですか……」

なるほど、と、うーん、の中間くらいの気持ちで、茜は大塚の言葉を繰り返した。

2

「ただいま戻りました。わあ、涼しい！　天国みたいですね」

太陽が真上から照りつける中、大きな麦わら帽子を被《かぶ》った真奈が、店内に飛び込んできて歓声を上げた。

今日の真奈は白地にブルーのストライプのシャツワンピースだ。メンズのワイシャツをくるぶしまでのロング丈《たけ》にしたようなオーバーサイズのワンピースは、華奢《きやしや》で小柄な真奈によく似合っている。

ワンピースは何とも涼しげだが、真奈本人は完全に暑さに負けてしまった様子で、真《ま》っ赤《か》な顔をしている。

「おかえりなさい！　すぐに冷たいお水、持ってきますね」

「ありがとうございます。郵便局までほんの少しの距離なのに、なかなか過酷な旅でした」

麦わら帽子で扇《あお》いで顔に風を送りながら、真奈が苦笑した。

短めに切りそろえた前髪に、普段はおくれ毛が一切《いっさい》出ないように後ろでひとつにまとめている髪が、今日は少しだけ乱れて汗ばんでいる。

「さあ、どうぞ」

茜が紙コップに冷たい水をなみなみと注《つ》いで手渡すと、真奈は「ああ、ありがとうございます」と、脱力したように言って、ごくごくと喉《のど》を鳴らして一気に飲み干した。よほど喉が渇《かわ》いていたに違いない。

「帰りに中華街まで足を延ばして、おすすめの台湾《タイワン》かき氷を茜さんへのお土産に買って帰ろうかと思ったんです。でも、この暑さでは、かき氷はあっという間に水になってしまうので、今日は諦めました。タピオカや緑豆《りょくとう》やクコの実、甘いきくらげなんかがたっぷり入ったかき氷、とても美味しいんですよ。今度ぜひ一緒に行きましょう」

真奈は、ここへ帰って来た直後は息も絶え絶えの様子だったが、冷たい水を飲んでようやく気力が戻ってきたようだ。黒目がちな目をきらきら輝かせて、かき氷の話を熱く語る。

「はい、ぜひ行きましょう！」

二人で顔を見合わせて笑った。

「茜さん、ひとりで大丈夫でしたか？」

「はい。今日のヨコハマコインランドリーは、とってものんびり営業でしたから」

「そのようですね」

真奈が店内を見回して微笑《ほほえ》んだ。

ヨコハマコインランドリーには洗濯機と乾燥機がそれぞれ六台ずつ、洗濯乾燥機が四台、さらに大型洗濯乾燥機と靴専用の縦型洗濯乾燥機が一台ずつ、奥にシンクがある。珍《めずら》しく稼働中の洗濯機はひとつもない。

きっとあまりの暑さのせいで、みんな外に出る気になれないのだろう。

「そういえば、今朝、大塚さんが来ていましたよ。相変わらず蛍光色のすごく派手な服装で、元気そうでした。私の試験勉強にも、アドバイスをしてくれたんですよ」

「大塚さんのアドバイスですか。確かに彼は、社内の昇進試験など、いかにもさくさくと効率よくこなしていけそうな感じの人ですね。参考になりましたか？」

「あ、はい。たぶん」

特に大塚を褒《ほ》めているわけでもない調子で言う真奈が可笑《おか》しくて、茜はくすっと笑った。

「形から入るのがおすすめ、とのことです」

大塚に言われたことを説明すると、真奈は目を大きく見開いた。

「大塚さん、なかなかいいことを言いますね」

「そ、そうですか？」

大塚の言葉と思うと、どこか信用しきれないところがあったのだが。

「せっかくなのでそのアドバイスに従って、お休みの日に、一緒に横浜駅に文房具を探しに行きませんか？」

「文房具を、探しに……」

真奈の言葉を繰り返したら、急に胸がふわりと温かくなった。

「今って、文房具にもいろんなデザインや機能のものがあって、すごく面白いですよ。気に入るものが見つかれば、大塚さんが言うように試験勉強もはかどるようになると思います」

「行きます！」

真奈の前向きな言葉に胸が高鳴り、即答した。

「ちなみに、どうして横浜駅なんですか？」

ヨコハマコインランドリーの最寄りである元町・中華街駅から横浜駅までは、みなとみらい線でほんの数分だ。

けれど、わざわざ横浜駅まで行かなくても、関内《かんない》や伊勢佐木町《いせざきちょう》、みなとみらいなどに、お洒落な文房具が手に入りそうな書店や雑貨店はいくつかある。

「大塚さんのお話を聞いていたら、私も秋服を見に行きたくなってきたので。お付き合いいただけますか？」

「秋服ですか！　もちろんです！」

真奈に、一緒に服を見に行こうと誘われたのが、なぜか驚くほど嬉しかった。

横浜駅には、タカシマヤとそごうの二つの百貨店と、ジョイナス、ＣＩＡＬ《シァル》、ルミネといった駅ビルに、旧ダイヤモンド地下街とポルタの二つの地下街があって、洋服を探すにはうってつけだ。

「良かった。洋服を見るのって、とても好きなんです。施設にいた頃は、自分の好きな服を着ることなんてできなかったので、大人になってからはシーズンごとにじっくりお店を見て回って、そのたびにしみじみ幸せを感じています」

真奈がさらりと言った。

かつて真奈は、育児放棄をされた子供だった。親に掃除も洗濯もしてもらえず、お風呂も入れなかった。見かねた周囲の人の計らいで児童養護施設に入っていたときに、洗濯をすることの喜びに気付いたと言っていた。

「来週の水曜日、茜さんは空《あ》いていますか？」

ヨコハマコインランドリーは、週に一度、水曜日が定休日だ。

「ええ、空いています」

「それじゃあ、ぜひその日に行きましょう。お買い物というのはなかなか体力を使いますので、お昼は勝烈庵《かつれつあん》のロースかつ定食にしましょう」

「わあ！ やった！ 楽しみです！」

手をぱちんと叩《たた》いたら、胸の中の雲がすっと晴れた気がした。

3

茜のヨコハマコインランドリーでの勤務は週五日、水曜日と日曜日が休みだ。朝の九時から夕方の五時まで働き、間に一時間のお昼休憩がある。

茜が働き始めたとき、真奈は朝六時から閉店の二十二時まで、週に一度の定休日以外はたったひとりで働きづめだった。

「真奈さん、そろそろ休憩時間ですよ」

今でもこうして声を掛けないと、真奈は休むのを忘れてしまう。

「もうそんな時間ですか。ちっとも気付きませんでした」

「お昼ご飯をたくさん食べて、ちゃんとしっかり休憩してくださいね」

「ありがとうございます。そうします」

真奈をお昼の休憩に送り出してすぐのタイミングで、茜は「あれ？」と首を傾《かし》げた。

コードレス掃除機の電源が、入ったと思ったらすぐに切れてしまう。フィルターのお手入れをしなくてはいけないサインだ。

「ええっ、もう？　ついこの間、分解してお手入れしたばかりなのになあ」

せっかく、ごおっと勢いよく掃除機を掛けたかったところで、少々出鼻を挫《くじ》かれたような気分で、バックヤードのゴミ箱に向かった。

コインランドリーではお客さんが乾燥機から洗濯物を出すときに綿埃がたくさん床に落ちるので、掃除機のダストカップはすぐにいっぱいになる。なので、こうしてしょっちゅうフィルターのお手入れが必要だ。

マスクをして、換気のためにバックヤードの窓を開けると、外からまるで熱い帯のような熱風が流れ込んできた。

「うう……」

茜はお掃除用の小さなブラシを手に時々息を止めながら、ゴミ箱の上で掃除機のフィルターの細かいところを分解掃除した。

この店のバックヤードは結構広い。

店内にあるものと同じ洗濯機、乾燥機がそれぞれ二台ずつあって、洗濯物を畳《たた》むための大きな作業台がある。

作業台の端に、今朝受け取ったランドリーバッグがきちんと揃えて置いてある。

真奈はここで〝洗濯代行サービス〟を請け負《お》っているのだ。

コインランドリーの代金にプラス五百円ほどで、配送や手渡しで受け取ったランドリーバッグいっぱいの洗濯物を、洗濯機で洗い、乾燥機に掛けて、洗い上がった洗濯物を畳むところまでする。

ひとつひとつにアイロンがけはできないし、店内と同じ機種の洗濯機で水洗いをするので、クリーニングとはまったく違う。あくまでも家庭での洗濯の手間を代行する〝洗濯代行サービス〟だ。

少し縮《ちぢ》んでしまったり、自宅の洗濯機に入れて洗うのと同じ程度の色落ちだってする。けれど、真奈がひとつひとつ丁寧に手で皺《しわ》を伸ばして畳んだ洗濯物は、ふんわりしていて、さらに魔法のようにすべて同じ大きさに整っていて、横で見ている茜でさえ背筋がすっと伸びるような気がする。

汚れたものをとにかくまとめて放り込んだランドリーバッグの中身が、こんなふうにふわふわになって返ってきたら、出した人はきっとすごく嬉しいはずだ。

丁寧な仕事が評判となり、洗濯代行を利用する人は、最近どんどん増えていた。

集中してブラシを使ってフィルターの掃除をしていると、自動ドアが開く音がした。

お客さんが来たに違いない。けれど今この瞬間の茜は埃まみれだ。

さすがにいつものように「何かお手伝いできることはありますか?」と、店内に勢いよく飛び出して行くわけにはいかない。

出た。

「いらっしゃいませー！」

店内に向かって、目いっぱい元気な声を出したら、大きなくしゃみが立て続けに三度も出た。

茜がようやく掃除機のお手入れを終えて店内に出ると、カウンターテーブルに洗濯乾燥が終わるのを待つ、見慣れない若い〝女の子〟が座っているのに気付いた。

――女の子。

ひとりでコインランドリーを利用することからして、成人している可能性の高い女性のことを、そんなふうに呼んではいけないとはわかっていた。

茜ほどの長身ではないけれど、顔が小さくすらりと手足が長い。

明るい色のロングヘアと、ダメージジーンズの際《きわ》どいショートパンツに、引き締まったウエストとお臍《へそ》が完全に露出するショート丈のタンクトップ。

タンクトップは横が安全ピンで留めるようになったデザインで、脇腹もかなり露出していた。無防備でセクシーな服装はかえって幼さを感じさせる。

この暑さに閉口して、水着みたいな格好をしたいという気持ちはわからなくもない。

けれど、けれど。

——なんて危なっかしい……。

おそらく彼女より少し年上である同性として、そんなことを最初に思ってしまった。

その子は華やかな服装とは裏腹に、肩を落としてしょんぼり背を丸めている。

何か困っているのかもしれない。

「こんにちは。コインランドリーの使い方、わかりましたか？」

茜が声を掛けると、女の子はとても驚いたようにびくりと身を竦《すく》ませて、強張《こわば》った顔を上げた。

「何ですか？」

女の子は両手でしっかりとスマホを握り締めていた。しょんぼり肩を落としているように見えたのは、小さな画面を真剣に覗《のぞ》き込んでいたからだ。

「ごめんなさい、びっくりさせてしまいましたか？」

「い、いえ。大丈夫です」

女の子は慌てた様子でスマホをぱたんと裏返してカウンターテーブルの上に置いた。

「機械の使い方、最初わからなかったんですが、ネットで調べたらすぐに出てきました。動画に上げている人がいたので」

女の子は裏返したスマホに触れた。

「そうでしたか。今は、何でもネットでわかるんですね」

そんな動画があるのか。茜は感心して言った。

「利用していて何か困ったことがあったら、気軽に訊いてくださいね。あ、そうそう。初回サービスのコーヒー、まだお出ししてませんよね？」

女の子の様子から、ここへ来たのは初めてだと思った。

「えっ、コーヒー貰えるんですか？」

女の子が初めて微笑んだ。笑うと急に人懐こい顔になり、可愛らしい子だとわかる。

最初は、目立つ服装のせいもあってちょっと不穏な雰囲気にも感じたけれど、きっと緊張していただけに違いない。

「ええ、初回は無料でお出ししています。次回からは、百円で何杯でもお代わりしていただけますよ」

「百円でお代わり自由って、すごいですね」

「ですよね。私もそう思います」

茜は大きく頷いて、受付カウンターでコーヒーを淹れて戻ってきた。

「さあどうぞ」

コーヒーを手渡すときに、女の子の手首に、きらきら光るラインストーンが髑髏《どくろ》の形にちりばめられた黒い腕時計が見えた。

なかなか見ない派手なデザインの時計だ。けれど、若くてお洒落でスタイルが良いこの子には、よく似合っている。

「コーヒー、すごく美味しい……」

女の子が呟いた。

「良かったです。ぜひまたご利用くださいね」

茜はにっこりと笑いかけた。

4

誰かと一緒に服を選ぶというのは少し照れくさい。

茜は真奈の横で周囲を見回しながら、密《ひそ》かに照れ笑いを浮かべた。

「まず最初に、今シーズンの流行を調査しましょうか」

そんなふうに言われて、地下街の店を歩いてみた。

店頭に並ぶ季節を先取りした服は、どれもすごく素敵に見える。

「ああ、まさにこんな色の服が欲しかった！」と叫びたくなるような深いボルドー色のコートや、身体のラインを綺麗《きれい》に見せてくれるニット、黒一色なのにお姫さまのドレスみたいに見えるタックワンピース。

地下街は若者向けのショップが多い。並んでいる服は軽《かろ》やかで堅苦しくないデザインのものだ。

一方、頭の中は大忙しだ。

まずは、自分の顔、体形を、頭の中で並んでいる素敵な服に重ねてみる。

なかなかいいかも、と思う瞬間を真奈に見られるのは、ちょっと恥ずかしい。

その後で、どこに着て行くか、クローゼットにあるどの服と合わせるか、そんなことを忙《せわ》しなく考えなくてはいけないのだ。

「茜さん、気になるものがあったら教えてくださいね」

真奈が、きょろきょろしている茜を見て微笑む。

「は、はい」

ふと足が止まった。

店頭に飾られた、シンプルな形のロング丈のタックワンピースだ。

今時らしく少しオーバーサイズなので、冬にはインナーにタートルネックを着てもよさそうだ。袖《そで》がすっきりしたデザインなので、アウターも選ばない。

何より色が素敵だった。黒に近い濃い緑色だ。まるで夕暮れ時の森のような。深緑、そんな言葉が思い浮かぶ色だ。

「素敵なワンピースですね。茜さんにとても似合いそうです」

「そ、そうですか？」

頬が熱くなるのを感じながら、首元の値札にちらりと目を走らせる。

一万七千八百円。

なかなかいいお値段だ。

そしてどこに着て行くか、難しい服でもある。

普段、ヨコハマコインランドリーに出勤するときは、全身をシンプルなファストファッションで固めていた。一日に何度も店内の掃除をするし、服の汚れは一切気にせずに働きたい。

かといって、友人の結婚式のようなハレの日には、華やかなサテンやタフタ生地《きじ》のパーティードレスがいいに違いない。

「私、身長が高いので、このくらいのロング丈のワンピースを探していたんです。あと、この深い緑色も素敵だし、真冬でも着られそうだし、袖も、えっと、えっと……」

茜の身長は一七六センチあった。身長が高いと、気に入った服を見つけても、丈が合わなかったり、全体のバランスが悪かったりと、諦めることが多い。

上《うわ》ずった声で呟きながら、やっぱりすごく欲しい、と思ってしまう。

慌てて気を引き締める。

「でも、どこに着て行くかが難しいですよね」

わざと厳しい顔をしてみせる。

「そうですねえ。ちょっとした……」

「パーティーは、私の生活には一切ないです」

ちょっとしたパーティーに。

そんなわくわくする言葉に乗せられて衝動買いしてしまい、結局一度も着る機会がなかった服が、クローゼットに数着眠っている。

「私の生活にも、パーティーはありません。でも、ちょっとしたお出掛けにいかがですか？」

真奈が可笑しそうに笑った。

「ちょっとした、お出掛けですか……」

ちょっとしたお出掛け。

なぜか高級そうなレストランで、見知らぬ人たちと談笑している自分の姿が浮かんだ。

「あまり難しく考えないでくださいね。好きな人とお出掛けするとき、というほうがしっくりくるかもしれません」

「好きな人とのお出掛け……。それだったらよくわかります」

そうか。こうして真奈と出掛けるときや、久しぶりに学生時代の友達に会うときに、この素敵なワンピースを着て行けばいいのか。

みんなの楽しげな顔を思い浮かべていると、なぜかクリーニング高岡《たかおか》の充《みつる》の顔がちらりと浮かんだ。

ぼっと火がつくように顔が熱くなった。

「ど、どうしよう。とても欲しいんですが、私にとっては高いお買い物だし。すごく悩みます……」

顔が赤くなっているのに気付かれたくなくて、真奈のほうを向けない。

「ちょっと確認してみましょう」

真奈が慣れた手つきで、ワンピースの裾《すそ》を裏返した。

洗濯表示のタグに目を凝《こ》らす。

「よかった。このワンピース、洗濯機で洗えますね」

真奈が示した洗濯表示タグには、洗濯桶《おけ》のマークに〝40〟という数字があった。その下には一本ラインが引いてある。

「あ、これはテキストでやりました。この表示は、水温四十度を限度に、洗濯機で弱い洗濯処理ができる、という意味ですね」

急に試験勉強の世界に戻った気分で、茜は一言一言、慎重に言った。

洗濯桶の下のラインは、弱い水流、という意味だ。

このラインがなければ、家庭用の洗濯機ならば水流の強さは気にしなくて大丈夫。逆にラインが二本になれば、もっと弱い水流で、という意味になる。また、洗濯桶に×印は、家庭での洗濯禁止、洗濯桶の中に手のマークは、手洗いができるという意味になる。

「正解です！　ご自宅の洗濯機の手洗いモードやドライモードなどで、毎回、洗って綺麗に着ることができますね」

真奈がぱちぱちと小さく手を叩く。

――毎回、自宅の洗濯機で洗って綺麗に着られる。

これまで、秋冬物のお洒落な服を綺麗にするには、クリーニングに出すしかないと思っていた。

すべての服を毎回クリーニングに出していたらとんでもなくお金がかかってしまうので、洗濯せずに数回着ることはしょっちゅうあった。

それがこのワンピースなら、毎回着るごとに、自宅でちゃんと洗濯できるなんて。

今がとんでもなく暑いせいかもしれないけれど、お気に入りの服を自宅で洗うことができるのは、何よりも大事なことに思えた。

「……このワンピース、試着してみます」

茜は意を決して言った。

「ぜひ！」

真奈が大きく頷いた。

5

「ただいまー」

誰もいないひとり暮らしの1Kの部屋に向かって掛ける声も、今日は少しだけご機嫌だ。

茜は急いでエアコンをつけると、肩に掛けたビニールコーティングされたツヤツヤの紙袋をソファに置いた。

あれから真奈と、タカシマヤにある文房具専門店に行った。

夕ご飯は、駅ビルにあった勝烈庵で、真奈おすすめのロースかつ定食を食べてきた。勝烈庵の総本店は、ここ山下町から横浜駅方面へ一駅行った馬車道《ばしゃみち》というところにある。横浜でとんかつといえば勝烈庵と言われるほど、有名な老舗《しにせ》とんかつ屋さんだ。真奈と行った勝烈庵は駅ビルの中にあるのに、一歩店内に足を踏み入れると、そこだけいかにも老舗らしさを感じさせる風格ある店構えだった。

しっかり分厚くてボリューム満点、衣がさくさくのロースかつに、ご飯と千切《せんぎ》りキャベツ、それに赤出汁のしじみの味噌汁《みそしる》がつく。

ロースかつのお肉の甘みに衣の香ばしさ、さらに塩気の強い味噌汁のおかげで、ご飯とキャベツがどんどん進む。

ご飯とキャベツはお代わり自由なので、キャベツを二回お代わりした。そのおかげなのか、胃もたれは少しも感じなかった。

暑さのせいでバテていた身体に、ぐんと力が漲《みなぎ》る気がした。

「今日は、楽しかったなあ……」

そのとき、あっ、と気付く。

――真奈さん、自分の服は結局買わなかったな。

あれからいくつか駅ビルのセレクトショップも見たけれど、真奈はずっと「あのワンピースには、こんな靴が合いそうですね」なんて、茜のものばかり見ていた。

自分のものは買わなかったのに、勝烈庵で終始にこにこと笑顔で嬉しそうにしていた真奈の顔を思い出す。

——もしかして、私のことを元気づけようとしてくれたのかも。

胸が熱くなった。

紙袋のテープをそっと剝《は》がして、中から薄い紙に包まれたワンピースを取り出す。

家の照明で見ると、店で見たときよりも少し明るい色に見える。

思ったよりも派手だったらどうしよう。

そんなふうにどきどきしながら、着ていた服を脱いでワンピースに袖を通してみる。

鏡に映る姿は、試着室で着たときと同じだ。こうして着てみると、ワンピースの色はやはり深い森のような落ち着いた緑色だった。

ほっとする。

そして、素敵な服を手に入れた喜びが、ふつふつと込み上げる。

買ったばかりの服をその日のうちに着てみたのは初めてのことだ。

いつも服を買ったら、袋から出してそのままクローゼットに入れるか、ひどいときは、タグも外さないまま紙袋ごとクローゼットに放り込むこともあった。

ワンピースを着てくるりとその場で回ってみてから、同じ紙袋に入れていた文房具店の小さな袋を開けた。

中には、パッケージに「手が疲れない!」と大きく書かれた、グリップが太めのシャープペンシル。試し書きをしてみたら書きやすくて驚いた三色ボールペン。それに真っ白な小さな消しゴムが入っていた。

すべて合わせても千五百円ほどだ。

けれど新しい文房具は、新しい服と同じくらい気分が上がる。心が躍《おど》る。

今日は、服を買うとき、真奈の前でこれまでの勉強の成果を見せることもできた。

――正解です!

そう言ってぱちぱちと手を叩く真奈の姿が、脳裏《のうり》を過《よぎ》る。

茜は静かに机の前に座った。

シャープペンシルは、かちかちと頼もしい音を響かせる。

消しゴムは、うっとりするほど真っ白だ。

三色ボールペンも早く使ってみたい。

今なら、いくらでも集中して勉強ができる気がする。

「よしっ」

茜は背筋を伸ばした。真新しいワンピースの裾が、流れるようなドレープを描く。

テキストを開く。

今まで「どうしてこんなことも覚えられないの？」と、ちくちく責められているように思えた厳《いか》めしい文字の羅列《られつ》が、今日は洗い上がりの洗濯物のように、ふわふわと柔らかく感じられた。

6

「おはようございます！」

相変わらずの、真夏のような暑さだ。

茜が朝九時前にヨコハマコインランドリーに出勤すると、カウンターテーブルで娘の梨々花《りりか》ちゃんを抱いた神谷《かみや》さんが、コーヒーの紙コップを手に、エアコンの風に当たりながら気持ち良さそうに目を細めていた。

「茜さん、おはようございます。今日も嫌になっちゃうくらい暑いですね」

ノースリーブの黒いワンピースから覗く神谷さんの二の腕は、ハワイで暮らす人のようにこんがり日焼けしていた。

神谷さんは少し前に旦那《だんな》さんの不倫が原因で離婚して、梨々花ちゃんを連れて桜木町《さくらぎちょう》のタワーマンションから、中華街の外れにある洗濯機置き場のない古いマンションに引っ越した。

最初は梨々花ちゃんと二人きりの生活を始めたことで無理をして、心の余裕を失っていたけれど、真奈の〝魔法の〟洗濯相談カウンセリングのおかげで気持ちが楽になり、今ではヨコハマコインランドリーの常連さんのひとりだ。

「ほんとうにそうですね。まだまだ暑いので熱中症に気を付けてくださいね」

茜はタオルハンカチで汗を拭きながら言った。

「いつになったら涼しくなるんでしょうね。この気温じゃ公園にお散歩にも行けないから、梨々花は力が有り余っちゃって、夜いつまでも寝てくれないんですよ」

神谷さんの膝《ひざ》の上で、涼しそうなガーゼ素材のシャツを着た梨々花ちゃんが、まん丸な目で茜を見ていた。

「コーヒーのお代わり、お持ちしましょうか？」

「ありがとう、まだ大丈夫です。ゆっくり味わいながら飲みます」

神谷さんが微笑んで首を横に振ったので、茜は「ではごゆっくり」と会釈《えしゃく》をしてバックヤードに向かった。

「真奈さん、おはようございます。昨日はほんとうにありがとうございました」

バックヤードで洗濯代行の洗濯物を畳んでいた真奈が、顔を上げた。

「お勉強、はかどったみたいですね」

「はい！　ばっちりでした！　新しい服を着て、新しい文房具で勉強をしたら、すごくいい感じに気持ちを切り替えることができました」

「それはよかったです。大塚さんにお礼を言わなくてはいけませんね」

確かに。

悔しいけれど、大塚のアドバイスに従ったおかげだ。

自分がわくわくしながら選んだ新しいものに囲まれて何かをするのが、あんなに心地良いことだったなんて。

「……ですね」

「そんな顔をしてはいけません。大塚さんはいい人ですよ」

「え？　それって……」

茜はぎくりとする。

大塚が真奈に結婚を申し込んだことを思い出す。

「恋愛感情、という意味は一切ありませんが」

真奈がきっぱりと言い切った。

「でも、不器用だけど、人間的に魅力のある人です」

「魅力、ですか？　私は少しも感じませんが」

出会ったときの大塚は、いきなり茜に「うわっ、デカイね」なんて失礼なことを言ってきた、格好つけた最悪のオジサンだったのだ。

「大塚さんは、出会った頃よりも少しずついい人になっていますから。そういう人のことは、これからもほど良い距離を保ちつつ見守りましょう」

「そうですね……」

確かに大塚が最悪のオジサンから、ちょっと嫌なオジサンくらいまで、少しずつ変わってきているのは間違いない。

以前、家庭に問題を抱えた中学生の谷口翔《たにぐちしよう》くんを助けようとした姿は、少し見直した。あれからも翔くんのことを気にして、ＮＰＯの人と連絡を取ってたまに様子を見に行ったりもしているようだ。

「けど真奈さん、〝見守る〟なんて、なんだか幼稚園の先生みたいですね」

顔を見合わせて笑い合ったところで、

「あの、ちょっといいですか？」

受付カウンターのところから、神谷さんの囁《ささや》くような声が聞こえた。

「はい、どうされましたか？」

慌てて店内に出た。

「あのね、あの子たち……」

神谷さんが困った顔をした。

店内に、いかにもデート中といった雰囲気のカップルの姿があった。

九月も半ばを過ぎてそろそろ学生の夏休みも終わる頃のはずだが、このあたりには平日でも若者のカップルがたくさんいる。

二人とも、洗濯物らしい大きな荷物は持っていない。熱心にスマホを覗き込んでいる。

中華街か、山下公園方面にでも行こうとして道に迷ってしまったのだろうか。

「やっぱりここだよ。この動画、ここだよね？　すごいお洒落！」

女の子のほうが男の子にスマホの画面を見せて、改めて店内を見回した。

「ほんとだ！」

男の子がスマホを手に店内を歩き回る。

「洗濯物を撮影されるのは、ちょっと困っちゃいます……」

神谷さんが肩を竦めて言った。

「もちろんです。申し訳ありません、すぐに注意しますね」

カップルが、神谷さんが利用中の洗濯乾燥機の前でお互いを撮影しようとしていた。

「すみません、店内での撮影はご遠慮ください」

茜は慌てて声を掛けた。

これまで、店内で撮影をする人がいるなんて考えたこともなかった。

「え？　駄目なの？」

カップルは一瞬だけ驚いた顔をしたが、

「洗濯中の下着が映ったりしたら嫌ってことじゃない？」

女の子がはっと閃《ひらめ》いたように言うと、

「そっか。ごめんなさーい」

と男の子も素直に謝る。

呑気《のんき》なカップルはすぐに気を取り直したように、

「ここってコーヒー百円なんですよね？　二つください」

とスマホの画面を見ながら言った。

「え、えっと……」

茜は真奈に助けを求めるように目を向けた。

「百円のコーヒーは、ほんとうはコインランドリーの利用者の方だけに向けたサービスです。ですがせっかく来ていただいたので、今回だけは特別にどうぞ」

真奈が動じる様子もなく応じた。

「ありがとうございます。やったー！」

茜は何がなにやらわからないまま、「お手伝いします」と真奈と一緒にコーヒーメーカーに向かった。

——あの子たち、いったい……。

こっそり真奈に声を掛けようとした瞬間、自動ドアが開いて、今度は黒いマスクに黒いパーカ姿の十代後半くらいの女の子がふらりと店内に入って来た。

「こんにちは」

茜が挨拶をすると、驚いたように立ち止まる。

コインランドリーのお客さん……にしては、この女の子も洗濯物を持っている様子がない。

おかしいな、と思いつつも、いつものように声を掛ける。

「何かお手伝いできることはありますか？」

女の子はちらりと店内を見回してから、何も言わずに一目散《いちもくさん》に走り去ってしまった。

「わー、ここだ！　看板にヨコハマコインランドリーって書いてある！」

茜が驚く間もなく、今度は横浜中華街で売っているいちご飴を手にした三人組の若い女の子たちが店内に入って来た。

「あの、ここって配信してもいいですか？」

受付カウンターに駆け寄って来たひとりの女の子が、屈託なく訊いてきた。

テレビの生中継のように、インターネットで全世界にリアルタイムで動画を流すということだ。

——いやいや、いいわけないでしょ！

「ごめんなさい、店内での撮影はすべてお断りしています」

真奈が笑《え》みを浮かべつつもきっぱり言った。

「え？」

女の子たちはすごく気まずそうに顔を見合わせる。

「でも、琴美《ことみ》ちゃんは、ね？」

三人で頷き合う。

「琴美ちゃん……ですか？」

「えっ？　えっ？」

茜が訊き返すと、女の子のひとりが、

「琴美ちゃん、店内で思いっきり撮影していますよ」

とスマホの画面を見せてくれた。

第2章 ⚓ 泥汚れの作業服

1

「お疲れさまです。パークメゾン山下公園の工事、予定どおり、明日じゅうに完了予定です」

エンジンを掛けてエアコンのスイッチを入れた車の中で、田野倉正治《たのくらまさはる》は携帯電話を手にハキハキとした声を出した。

「はい、それじゃあまた明日、現場に着いたら連絡を入れます。よろしくお願いします」

猛烈な熱気が籠《こ》もっていた車内が、エアコンの風で少しずつ涼しくなっていく。

バックミラーにちらりと目を向けると、鼠《ねずみ》色の作業服の襟《えり》が汗で濡《ぬ》れて、色が変わっていた。

電話を切ってサイドブレーキを下ろす前に、大きくため息をつく。

「ああ、面倒くさいな……」

また重苦しいため息をつきかけて、はっとした。

——俺はいったい何を言っているんだ。勇人《ゆうと》には俺しか頼れる存在はいないんだ。

電気工事士の正治は、この一年ほど、十六時頃には作業を終え、片付けを済ませて十七時には帰宅できる現場ばかりを選んでいた。

小学三年生になる息子の勇人の帰宅時間が、十六時少し前だからだ。

今頃、勇人はマンションの部屋でひとり、サッカー教室のユニフォームに着替えて正治の帰りを待っている。

「よしっ、帰るぞっ！」

気合いを入れるように力強くそう言うと、正治は車のハンドルを握った。

車を運転しながら、ハンズフリーモードで勇人のスマホに電話を掛ける。

「おーう。お父さん、あと五分でマンションの入口に着くぞ。下まで出てきて」

「はーい」

「サッカーリスト、確認したか？　忘れ物するなよ」

「大丈夫だってば」

サッカーリストと口に出したら、胸がちくりと痛んだ。

サッカーリストとは、忘れ物が多い勇人のために、妻の美紀《みき》が作成したサッカー教室用の持ち物リストだ。

入院中だった美紀が丸っこい文字で書き出したリストを、正治がホームセンターで買ってきたラミネーターでパウチ加工してやったら、勇人は「これでずっと持っていられるね」と大事そうに胸に押し当てるようにしていた。

「テーブルの上の弁当、ぜんぶ残さず食ったか？」

勇人のサッカー教室は、十七時半から十九時までだ。先に夕飯を済ませておくように言っていた。

「……うん」

勇人の困ったような声に、正治は苦笑いを浮かべた。

「嘘《うそ》つけ。とりあえず出されたものはぜんぶ食べろ。ちゃんと食べたら、サッカーの帰りにマクドナルドに寄ってやるから」

「はーい」

電話の向こうで、くくっと勇人の笑う声が聞こえた。

子供にコンビニのものばかり食べさせるのはよくないと、平日は毎日、管理栄養士が監修したという宅配弁当を頼んでいた。しかし宅配弁当は高齢者向けに作られているので、味が薄くて地味なメニューが多い。

食べ盛りの小学三年生の息子の夕飯のメニューが、がんもどきだったり、ふきと高野豆腐《こうやどうふ》の煮物だったりというのを、正治は申し訳なく思っていた。

しかし、金もかかるが健康には代えられない。

正治は料理をするのが嫌いではなかった。実際、大きく切った野菜や魚介類がごろごろ入ったカレーや、オーブンでじっくり焼いた塩豚《しおぶた》など、正治の作る料理はどれも勇人の大好物だった。

だがそれも美紀が元気だった頃の話だ。

今の親子二人の暮らしには、そんなことをしてやる余裕はどこにもなかった。

「あっ」

車のフロントガラスに、ぽつりとひとつ、雨粒が落ちた。

「嘘だろ？　雨なんて……」

西日の差す真っ青《まさお》な空に、真っ黒な雲がゆっくりと流れてきていた。

通り雨だ。

ざっと降るかもしれないけれど、すぐに止《や》むに違いない。

そのときふと、家のベランダに洗濯物、さらにタオルケットまで干してきたことを思い出して、頭を抱えそうになった。

いつもなら洗濯は、ドラム式洗濯乾燥機の洗濯・乾燥モードで乾燥まで済ませていた。取り出すのを忘れて笑ってしまうくらい皺くちゃになったり、たまに生乾きで変な臭いがしたりすることもあったけれど、そんなときは、もう一度洗い直して、浴室乾燥機付きの風呂場に干せば、それで済んでいた。

今日、わざわざ外に洗濯物を干してしまったのは、子供のダニアレルギーに注意、なんて不安を煽《あお》ってきた、今朝やっていたニュースの特集のせいだ。

俺の気配りが行き届かないせいで、勇人がアレルギーなんかになってはたいへんだと……。

——どうして、何もかもが裏目に出てしまうんだろう。

一気に激しさを増す雨の中を、正治は渋い顔をしながら車を進めた。

「……ひとり、か」

また呟く。

勇人がいてくれるおかげで、いわゆるひとりぼっちの孤独を感じることはない。

忙しい毎日の中でも、勇人と一緒に笑い合うと心が満たされた。これから俺はこの子のために生きるんだと思うと、自分でも驚くような力が湧《わ》いた。

けれど、今この世界で勇人の親は、父親の正治ひとりきりだ。

――美紀と約束したんだ。俺はひとりでも、ちゃんと勇人を育て上げるって。

そんなふうに気負った言葉が、いつもなら心の中に湧き上がってくるのに。

雨はいよいよ激しく降り注ぐ。

サッカー教室は、よほどの荒天でなければ基本的には雨天決行だ。

「美紀、洗濯物、雨でびしょ濡れにしちゃったよ」

正治は泣きたくなるような気持ちで呟いた。

2

土曜日の午前中。ヨコハマコインランドリー正面の大きなガラスドアに、雨粒がぽつんと当たった。

「わっ、通り雨かな？」

茜は店内から空を見上げた。

遠くの空には日差しが見えるのに、店の上には灰色の雨雲が掛かっていた。

雨はみるみるうちに勢いを増す。

外を歩く人が慌てて走り出し、若者たちの悲鳴交《ま》じりの喚声《かんせい》が聞こえた。

「真奈さん、雨が降ってきました。通り雨みたいです」

茜はバックヤードに向かって声を掛けた。

店内にはちょうどお客さんがいない。

「さっきまでお天気が良かったのに、急ですね。この前の通り雨のときのように、乾燥機が大盛況になるかもしれませんね」

真奈の驚く声が返ってきた。

つい数日前の通り雨のときは、雨で濡れてしまった洗濯物を乾かしに、大勢の人が入れ替わり立ち替わりやってきた。カウンターテーブルでコーヒーを飲みながら乾燥機が空くまで順番待ちをする人まで現れたのは、茜がここで働き始めてから初めてのことだった。

「そうですね。しっかり準備します！」

茜は早速、カウンターテーブルを拭き始めた。

自動ドアが開く音がし、手を止めてそちらへ顔を向けると、明るい髪色の若い女性が雨粒を振り払うように入って来た。

——あっ。

心の中で呟いてから、すぐに見間違いだったと気付いて慌てて「いらっしゃいませ」と声を掛けた。時々ここを使ってくれるお客さんだった。

「急に雨になっちゃいましたね。洗濯が終わるまで、ここで雨宿りさせてください」

「もちろんです。コーヒー、お持ちしますか？」

「お願いしまーす」

コーヒーを淹れがてら、さっきほんの一瞬だけ息が止まったのを思い出す。店が動画で紹介されて以来、撮影目的の若者が後を絶たなかった。

――琴美ちゃんって、やっぱりきっと、あの子だよね……。

店内で勝手に動画の撮影をして、ネットにアップしてしまった人気〝インフルエンサー〟の女の子、琴美ちゃん。

若者たちに見せてもらった動画には、見覚えのある女の子の姿が映っていた。肌が白くて、目が大きく、輪郭がシャープに加工されているので、顔立ちだけではすぐに同一人物だとはわからなかった。けれど、ちょっと心配してしまうくらい露出度が高いあの服装、そしてラインストーンをちりばめた黒い髑髏の腕時計。

「真奈さん、ごめんなさい。動画を撮っていたなんてぜんぜん気付かなくて……」

スマホの画面を覗き込みながら茜が囁くと、真奈は「次にいらしたらこっそり私に教えてください」と言った。

動画の中の琴美ちゃんは、流し目をしたりキスするように唇を窄《すぼ》めたりしながら、ヨコハマコインランドリーの店内をバックに、自分の姿を撮影していた。

《すごいお洒落なコインランドリー見つけた！　最高すぎる！》

画面には、そんなコメントがぴかぴかと煌《きら》めく。

——そんなに、このコインランドリーを気に入ってくれていたんだ！

動画を見て、茜はちょっと驚いた。

だって実際に会ったときのあの子は、もっとずっと寂《さび》しそうで、いろんなことに緊張しているように見えたから。

いったいあの子は、どんな子なんだろう。

急に興味が湧いて、琴美ちゃんのアカウントを覗いてみたくてたまらなくなった。

いけないいけないと、茜は慌てて気持ちを抑える。

大塚のようにこちらが聞いてもいないのに自分のことを喋りまくっているわけではないのだから、お客さんのプライバシーを知りたいなんて思ってはいけない。

洗濯物というとても個人的なものを扱う仕事だからこそ、そこは厳守しなくては。

「コーヒー、お持ちしました」

「ありがとうございます。わー、いい香り」

いろいろと思いを巡らせながら女性客にコーヒーを出したそのとき、自動ドアが開いた。

上下鼠色の作業着姿の、筋骨隆々《きんこつりゅうりゅう》とした大柄な男性だ。髪は少し濡れていて、作業着の肩も雨に濡れて色が変わっている。

「いらっしゃいませ」

初めて見る顔だった。

「何かお手伝いできることはありますか？」

男性は顔を伏せるようにして、おざなりに首を横に振った。

きっと話しかけられたくないのだろう。

コインランドリーというのは、スタッフが不在の無人店舗がほとんどだ。すっかりそのつもりで店内に入ったお客さんに「いらっしゃいませ」と声を掛けて、「え？ ここってコインランドリーですよね？」と、すごく驚かれることもよくある。

もしかすると、この人も驚かせてしまったかもしれない。

茜は控えめに会釈をしてすぐに下がった。

男性はざくざくと足音が響くような早足でまっすぐに店の奥に向かうと、肩に掛けていた大きなショッピングバッグに入っていた洗濯物を、洗濯乾燥機に勢いよく放り込んだ。お金を入れてスタートボタンを押すと、険《けわ》しい顔つきのまま脇目も振らずにまた早足で表に出て行った。その間、一分ほどの早業《はやわざ》だ。

嵐のような人だった。

茜は呆然《ぼうぜん》と、店の前に駐車していたライトバンタイプの車に戻る男性客の姿を目で追った。

「あっ」

カウンターテーブルでコーヒーを口に運んでいた女性のお客さんが声を上げた。

「どうされましたか？」

茜は驚いて訊いた。

「あの床、今の人ですよね……」

お客さんが指さした洗濯乾燥機の前に、泥のようなものが散らばっていた。

床が明るい色なので、泥汚れはすごく目立つ。

「わっ、床が汚れてる！　すみません。すぐに片付けますね」

そう言いながら慌ててモップを取りに向かう。

「あの、えっと……」

汚れた床に注がれていたお客さんの目が泳いだ。

「ごめんなさい、ちょっと用事があったのを思い出しました」

「え？　それじゃあ、店の置き傘をお貸ししますね」

「いえ、大丈夫です。今なら雨もそんなに強くないし。洗濯の終了時間までには戻ってきます」

つい先ほどまですっかりくつろぎモードだったお客さんが、てきぱきと荷物を纏《まと》め始めている。

「コーヒー、せっかく淹れていただいたのにごめんなさい」

「そんな、こちらこそ」

お客さんはコーヒー代の百円をちゃんと払ったのに、まだ一口か二口しか飲んでいない。

「それじゃあ、また後で。失礼します」

お客さんの視線が、再び床の泥にちらりと向いた。

「その床を汚した男性のお客さん、洗濯と乾燥が終わっても、洗濯物を二時間以上放置したまま取りに来てくれなかったんです。かと思ったら、ほんの一瞬、私がバックヤードに入った隙《すき》に回収されていました」

茜はバックヤードで洗濯物を畳む真奈の横で、洗濯代行のランドリーバッグの配達伝票を記入しながら言った。

「今度いらしたら私が対応するので大丈夫ですよ。大柄な男性のお客さんですね」

真奈が、お年寄りのものらしいベージュの下着シャツの皺を手のひらで丁寧に伸ばす。

「はい。作業着姿の、ちょっと怖い感じの男の人です」

男性客の鼠色の作業服を思い出すと、知らず知らずのうちに眉間《みけん》に皺が寄る。

「茜さん、ちょっとだけお小言《こごと》を言わせてください」

真奈が手を止めて真剣な顔になった。

「このコインランドリーでは、汚れた、汚い、という言葉は極力使わないようにしましょう」

茜は、はっとした。

「す、すみません。私、お客さんの前で『床が汚れてる！』なんて言ってしまいました。コインランドリーは清潔感が一番なのに、お客さんを不安な気持ちにさせてしまったかもしれません」

確かに不用意な発言だった。

きっと先ほどの女性のお客さんは、茜のあの発言で、自分が利用する洗濯機の中にある泥だらけの洗濯物を想像してしまったに違いない。

「次からは気を付けましょう」

「はいっ！」

真奈が茜に注意をするときの言い方は、とても明確でさっぱりしている。

何でも、いいよいいよと優しく許してくれるわけではなく、今回のように仕事上言わなくてはいけないことは、きっぱり告げてくれる。

真奈といると、前に勤めていた不動産会社の殺伐《さつばつ》とした世界は、いったい何だったのだろうと思う。

気がついたら涙が出ているほど激しい口調で叱《しか》られて、私はなんて駄目な人間なんだろうと夜通し落ち込んでしまうくらい、強い言葉を投げつけられた。

あのときは、大人はみんなこんな厳しい世界を生き抜いているのだと思っていた。怒鳴《どな》られて泣いている自分のことが情けなくなり、ひとりのときに、もっともっと泣いた。

でも、今ならわかる。

どんな理由があっても、相手を泣かすような言葉をぶつけるのは絶対にいけないことだ。そして自分がそのことを忘れてしまうような場所には、いてはいけないのだ。

「……真奈さん、ありがとうございます」

「えっ？　何がですか？」

真奈が目を白黒させた。

「い、いえ。すみません。思わず……」

茜が慌てて誤魔化《ごまか》すと、真奈が不思議そうな顔をした。

4

「おはようございます！　あ、大塚さん、いたんですね」

月曜日の朝九時、茜が出勤すると、カウンターテーブルで大塚がノートパソコンを開いていた。

「おはよー」

「今朝は早いですね。コーヒー、お代わりいります?」

「うん、いるいるー」

今日の大塚はずいぶん忙しそうだ。

返事だけはのんびりしているけれど、真剣な顔つきでノートパソコンの画面を見つめ、凄《すさ》まじい速さでキーを打っている。

——お仕事、なんだかたいへんそうですね。頑張ってくださいねー。

心の中で声を掛けて、コーヒーを淹れに受付カウンターへ向かう。

店内では洗濯機がいくつか稼働していて、洗剤の爽やかな匂いと乾燥機の熱のお日さまのような匂いが、ほんわりと漂っていた。

そのとき、自動ドアが開く音がした。

「いらっしゃいませ……」

茜は息を呑《の》んだ。

そこには、スタイリストみたいに大きな黒いナイロンバッグを抱えた琴美ちゃんが立っていた。

今日はくるぶし丈のTシャツワンピースにサンダル、というラフな服装だ。

しかしうっとりするほどまっすぐで艶々《つやつや》の明るい髪色のストレートヘアに、黒いカラーコンタクトの入った目、お人形のように長い睫毛《まつげ》、陰影が強調された立体感を際立たせるメイクが華やかだ。

「おはようございます」

琴美ちゃんがどこか決まり悪そうに、けれど人懐こそうな顔で控えめに微笑んだ。

「おはようございます。いいお天気ですね」

茜は動画撮影のことについて問いただしたい気持ちを抑えて、カウンター越しにバックヤードからこちらを見ている真奈に目くばせをした。

「真奈さん、琴美ちゃんが来ました」

茜が囁くと、真奈が、ここからは任せてください、というように頼もしげに頷いた。

「いらっしゃいませ」

バックヤードから現れた真奈が声を掛けると、琴美ちゃんが目を丸くした。

「このコインランドリー、スタッフさんがもうひとりいたんですね」

「ここの店長の新井真奈です。どうぞよろしくお願いします」

「新井……真奈、さん？」

琴美ちゃんが不思議そうな顔をした。

「あの、もしかして介護士の新井さんじゃないですか？　以前、〝やすらぎの里《さと》〟で祖父がお世話になりました！　私、小野寺《おのでら》琴美です。小野寺海運の小野寺宗一郎《そういちろう》の孫です」

琴美ちゃんが顔をくしゃくしゃにして笑った。

「小野寺さんのお孫さんでしたか。お祖父《じい》さまからよくお話を伺《うかが》っていました。あの頃、確か、マリア女子大に通われていましたよね。ずいぶん雰囲気が変わられましたね」

真奈が嬉しそうに目を細めた。

真奈は児童養護施設を出てから夜間の専門学校に通い、介護士の資格を取った。それからヨコハマコインランドリーを開くまでは、馬車道にある、ホテルみたいに豪華な介護施設で働いていたと聞いていた。

「髪色、変えたんです。それにメイクも。マリア女子大って、〝過度な染髪と華美な化粧は禁止〟だったんで。大学生にもなってそんな校則があるなんて、他では聞いたことないですよね。ようやく今年卒業して、解放されました」

琴美ちゃんが少し照れくさそうに言った。

「マリア女子大？」

大塚が振り返った。

「大塚さん、お仕事忙しかったんじゃないんですか？」

コーヒーのお代わりを持って行った茜は、たしなめるように小声で言う。

「むちゃくちゃ忙しいよ。忙しいんだけどさ。マリア女子大って聞いて思わず……」

「ご家族が通われていたりしたんですか？」

茜が訊くと、大塚が激しく首を横に振る。

「マリア女子大っていうのは、このあたりでは有名な、幼稚園から大学までエスカレーター式のカトリック系ミッション女子校だよ」

早口で言った。

「幼稚園から、大学まで、エスカレーター式の、カトリック系、ミッション、女子校、ですか……？」

茜は耳慣れない言葉の羅列に圧倒されながら、そっくりそのまま繰り返した。

「とんでもないお嬢さま学校、ってこと」

「今時、大学生なのに髪の毛を染めちゃ駄目なんて、それは確かにお嬢さまですね」

再会を喜び合う真奈と琴美ちゃんを尻目《しりめ》に、茜は声を潜《ひそ》めた。

「その〝今時〟が嫌で、大事な娘を〝今時〟なんかにしたくない親ってのも、たまにいるんだよ。そういう人たちって、昔いい思いをした、今は地位のある金持ちってのが多いの。そんな話を聞くと、俺は、一般庶民に生まれてよかったなあ、って今しみじみ思うね」

「そ、そうですね。私も一般庶民でよかったです」

なんだか闇《やみ》の深そうな話だ。

「つい先日、仕事の都合で近所に引っ越して来たばかりなんです。真奈さんがいるんだったら、もう洗濯機を買うのをやめて、これからずっとこのコインランドリーに通いますね」

琴美ちゃんが笑った。

「お仕事の都合、ですか？」

真奈が不思議そうな顔をした。

祖父が馬車道の介護施設にいたことからすると、おそらく琴美ちゃんは元から横浜近辺に実家があるに違いない。

「ええ。私、トラックドライバーなんです。ドライバーになることを親に反対されちゃって家を出たんです」

「ト、トラックドライバー⁉」

大塚が素《す》っ頓狂《とんきょう》な声を上げた。

「大塚さん、駄目です、盗み聞きはいけませんよ！　お二人とも、どうもすみません」

茜が慌てて取り繕《つくろ》うと、琴美ちゃんがこちらを向いてくすっと笑った。大塚に視線を向けると、ウインクと目くばせの間のような感じで、ほんの一瞬だけ片目を細める。

その瞬間、周りの空気が変わったのがわかった。アニメなら星屑《ほしくず》が飛んで世界がきらきらと輝く感じだ。

琴美ちゃんはすぐに何事もなかったように真奈に向き直って、楽しいお喋りに戻る。

「すごい……」

茜はぼんやりと呟いた。

初めて会ったときの背を丸めたどこか寂しそうな姿。動画の中のセクシーで自信に溢れた姿。真奈と再会したときの子供のような笑顔。そして今、大塚に見せた視線……。

どの琴美ちゃんが、ほんとうの琴美ちゃんなんだろう。

傍《かたわ》らの大塚に目を向けると、魂《たましい》を奪われたように目を見開いて、コーヒーを飲みかけたところで固まっていた。

「お、大塚さん⁉　コーヒー！　コーヒーがこぼれてますよ！」

「え⁉　あ、あちっ！」

大塚のスウェットパンツの太腿《ふともも》に、コーヒーの染《し》みが広がっている。

「たいへん！　すぐに雑巾《ぞうきん》を持ってきますね！」

茜は慌てて駆け出した。

「ぞ、雑巾？ い、いや、持ってきてくれるのはありがたいけれど。もしよかったら、せめて台拭きか何か……」

「そ、そうですね。すみません！ さすがに雑巾はないですよね。えっと、そしたらひとまずペーパータオルを……」

5

ヨコハマコインランドリーの定休日の水曜日。

茜は鋭い日差しが降り注ぐ谷戸坂《やとざか》を、日傘を手に息を切らせて上っていた。

〝クリーニング業発祥の地〟の石碑の立つ谷戸坂は、江戸時代末期に山手の外国人居留地の住人たちのために、西洋式の洗濯を行う大きな店ができた場所だ。これが日本におけるクリーニング業の始まりであり、ここから全国に広がっていったと言われている。

今日は、その谷戸坂の中腹にあるクリーニング高岡で、月に二回の恒例のアイロンがけ教室の日だ。

二月に二日間に亘《わた》って行われるクリーニング師試験では、筆記試験に加えて、ワイシャツのアイロンがけの実技試験がある。

アイロンがけ教室の講師で、クリーニング高岡の店主である高岡充は、「充先生にアイロンを掛けてもらった服しか着たくない！」という熱烈なファンをあちこちに持つ、アイロンがけの名人だ。茜とは、かつて真奈がクリーニング師の資格を取る際にその指導を仰《あお》いだという縁で出会った。

「茜さん！　今日はアイロンがけ教室ですか？」

途中にあるリストランテ・タカオカの前を通りかかると、充にそっくりな顔をした双子の弟の修《おさむ》が、ちょうど店の前のプランターに水をあげているところだった。

「ええ、これから充先生のところに行くんです。さっき関内で、男物のワイシャツを買ってきました」

関内のスーツ量販店には、たくさんの商品が並んでいた。

それでも「形態安定加工のされていない、綿一〇〇％で成人男性用のワイシャツ。背ラインが両サイドにあり、袖タックのあるシングルカフスのもの」という、試験用に細かく指定された商品を見つけ出すのはなかなかたいへんだった。

「来週のディナーセット、選べるメインメニューにラムチョップが入りますよ」

「ラムチョップですか！　それは楽しみです！」

イタリア料理店、リストランテ・タカオカのシェフである修の作ったラムチョップは、以前、充と食べたことがあった。今までに食べた中で、間違いなくいちばん美味しいラムチョップだ。

「充にも伝えておきますので、ぜひ一緒に食べに来てください。お待ちしています」

修はさらりと言った。

「えっ？　は、はい。わかりました。それじゃ、また」

その言葉に深い意味はないとわかっていても、茜は変に動揺してしまった。

リストランテ・タカオカからもう少し坂を上ると、クリーニング高岡が見えてくる。

自動ドアの向こうに小さなカウンターがあるだけの、昭和の雰囲気が残る店構えだ。店の電気はついておらず、カウンターには〈水曜定休〉の札が置かれていた。

「おはようございます！」

自動ドアを入って奥に声を掛けると、「いらっしゃい、お待ちしていました」と充が現れた。エアコンの風が涼しい。私のためにつけてくれていたのだろうか。

充は男性にしては小柄だ。身長一七六センチの茜は、充と向き合うときはいつも少し視線を落とす格好になる。

充の真っ白なTシャツに目が行く。

鍛《きた》えた筋肉を強調するような小さいサイズでもなく、流行のオーバーサイズでもない、絶妙に身体に合ったサイズのシンプルなTシャツは、不思議な質感だった。

買ったばかりのタグ付き新品Tシャツの、ぱりっと硬そうな感じはまったくない。いかにも身体に馴染《なじ》んだ柔らかそうなTシャツだ。なのに、どこかぴしりと筋が一本通っているように整って見える。

「これ、やっぱり気になりますか？」

充が苦笑いを浮かべて、自分のTシャツを指で摘《つ》まんでみせた。

「最近、Tシャツのアイロンがけにハマっているんです。生地が伸びやすいのでアイロンを当てる向きにコツが必要なんです」

「やっぱり、充先生がアイロンがけしたものなんですね」

茜は感心して言った。

途端に、手でぱんぱんと叩いて皺を伸ばしただけの、今自分が身に着けている夏物のカットソーが恥ずかしくなってくる。

さりげなくカットソーの裾を引っ張って皺を伸ばしたら、それを見て充がくすっと笑った。

「カタログの撮影用の技術としてこういうやり方があると聞いて、試してみただけですよ。正直、僕はTシャツを着るときは、洗いざらしの皺が残ったままが好きです。皺がなくて隙もない〝きちんとしたTシャツ〟って、着こなしがすごく難しいと思いませんか？」

「確かに、〝きちんとしたTシャツ〟って、なんだか不思議な響きですね」

茜はまじまじと充のTシャツを見る。

絹《きぬ》のように滑《なめ》らかで艶やかなTシャツ。見た目はカッコイイには違いないが、汗ばんだ肌にぺたりとくっついてしまいそうな気もする。

「自分でアイロンがけをしておいて何ですが、このTシャツ、結構、暑いんです。服の着心地には、多少の皺って大事なんだと思い知ります。今からアイロンがけ教室をするのに、講師の僕がそんなことを言っちゃいけませんが」

二人で顔を見合わせて笑った。

「坂道、暑かったですよね？　冷たい麦茶、飲みますか？」

「ありがとうございます！　ぜひいただきたいです！」

「それじゃあ、ちょっとここに座って涼んでいてくださいね」

クリーニング高岡のカウンターの前には、古い椅子《いす》がひとつだけある。きっとお年寄りのお客さんのためだろう。

そこに腰掛けて、茜は店の外を眺めた。

緑の多い閑静な住宅街だ。暑すぎるせいか人通りはほとんどない。エアコンが効《き》いて電気がついていない薄暗い店内でぼんやりと外を眺めていると、ふいに乾燥機から出したばかりの洗濯物に触れたときのような、ふわりとした心地良さが胸に広がる。

新卒で入社した不動産会社を超繁忙期の三月に逃げるように辞《や》めてから、もうすぐ半年が経つ。

自分のことが大嫌いになって、外に出ることさえも怖かった時期を脱することができたのは、偶然ヨコハマコインランドリーで真奈に出会い、アルバイトとして働かせてもらえることになったおかげだ。

明るくてお洒落なコインランドリーで、いい匂いがして気持ちがいい洗濯物に囲まれた、どこまでも清潔な雰囲気に包まれた真奈という人に出会えて、ほんとうに良かった。

つい半年前までの私は、毎日が辛《つら》くてたまらなかった。明日が来る、また仕事だと考えるだけで、怖くて怖くて胸がきゅっと締め付けられるような気がした。

けれどヨコハマコインランドリーで働き始めてからは、こんなふうに、毎日の中で小さな心地良さを見つけることができるようになった。

優しくて思いやりのある人たちに囲まれているおかげだ。

時々、変わったお客さんが来ることもあるけれど。

――ヨコハマコインランドリーには、真奈さんがいるから大丈夫だ。

あれから真奈は、珍しく長い間、店内で琴美とお喋りをしていた。

――そういえば琴美さん、動画は削除し、もう店内での撮影はしないと約束していただきましたので大丈夫ですよ。

洗濯を終えた琴美ちゃんが帰ってからさらりと報告されて、いかにも真奈らしいそつのない対応だと感心した。

お客さんに注意をするなんて、茜だったら身構えすぎて胃がきりきり痛くなってしまうようなことを、真奈は少しも嫌みなくすんなりできてしまう。

――少しでも、真奈さんに近づけるようにならなくっちゃ。

心の中でしっかりと頷いたところで、店の奥から、冷蔵庫をぱたんと閉める音が聞こえた。続いてグラスに入れた氷の鳴る音と、冷やした麦茶をポットから注ぐ音。

夏がもうすぐ終わるのだと思うと、茜は少し切なくなった。

6

「いらっしゃいませ。あ、琴美ちゃんでしたか」

少し暑さが和《やわ》らいだ夕暮れ時、琴美ちゃんがやってきた。

今日の琴美ちゃんは、ショートパンツにお臍が見えそうな短い丈のTシャツ姿だ。髪とメイクもうっとりするくらい完璧《かんぺき》だ。韓流アイドルのようにすらりと伸びたまっすぐな足は、女性の茜でも目のやり場に困る。

「この間は、ごめんなさい。撮影しちゃいけないって知らなくて」

「いいえ、そんな、別にいいんです」

別によくはない。急にきちんと謝られて、慌てて首を横に振ってしまった。けれどきっとこの対応は間違いだ。こういうときって、どんなふうに応《こた》えるのが正解なんだろう。

「今日は、真奈さんはいらっしゃらないんですか？」

「ここにいますよ」

真奈がバックヤードから顔を覗かせて、手を振った。

「わあ、真奈さん、そっちにいたんですね！　今日も会えて嬉しいです！」

琴美ちゃんが飛び上がる。

「私もお会いできて嬉しいのですが、今日は洗濯代行の仕事がとても忙しくて、バックヤードに籠もりきりになりそうです」

「そうでしたか……」

琴美ちゃんがしゅんとした顔をした。しかしすぐに気を取り直したように茜のほうを向く。

「今日は、仕事で使う作業着を洗いに来ました」

大きな黒いナイロンバッグを持ち上げてみせる。

――作業着……。

トラックドライバーはまだまだ男性の仕事というイメージがあるが、その中でがんばっているんだなと思うと頼もしく見えてくる。

「洗濯乾燥機ですね。空いていますよ。こちらにどうぞ」

茜は、琴美ちゃんを空いている洗濯乾燥機の前に案内した。

「ミケーネ運輸って、制服は自分で洗濯しなくちゃいけないんですよ。一応、ポロシャツ五枚、会社から支給されているんですが、それでも洗濯が追い付かなくてたいへんです」

ミケーネ運輸は、大手の配送会社だ。

ヨコハマコインランドリーにランドリーバッグを宅配してくれるのも、ミケーネ運輸のトラックドライバーさんだ。

「ミケーネ運輸だったんですね。三毛猫《みけねこ》ちゃんロゴが入ったポロシャツ、可愛いですよね。あのポロシャツって、綿一〇〇パーセントですか？ もしそうだとすると、コインランドリーのガス式の乾燥機だと少し縮んでしまうこともあるんですが……」

「えっと……。素材って、特に気にしたことはありませんでした」

琴美ちゃんが大きなナイロンバッグのチャックを開けた。

《ミケーネ運輸》の文字の上に、作業着姿の三毛猫が笑顔でハンドルを握っているロゴがプリントされている、白いポロシャツを手に取る。

脱いだそのままの形に見える裏返しのポロシャツが数枚入っていて、茜の胸がどきっと鳴った。

琴美ちゃんは少しも気にしていない様子だ。

「タグにはポリエステル一〇〇パーセント、って書いてあります」

「あ、それはドライTシャツって呼ばれている速乾素材ですね。だったら、乾燥機との相性はバッチリですよ」

「よかった。ありがとうございます。えっと……」

琴美ちゃんが決まり悪そうに口ごもった。

「中島茜です。よろしくお願いします」

茜はぺこりと頭を下げた。

「お名前を伺うのが遅くなってすみません。この間は、真奈さんに偶然再会できて、すごく驚いちゃって。改めて、小野寺琴美です。よろしくお願いします」

茜の真似《まね》をしてぺこりと頭を下げる琴美ちゃんに、大塚の声で〝とんでもないお嬢さま〟という言葉が胸に甦《よみがえ》る。

「茜さん、これ、落ちると思いますか？」

琴美ちゃんが裏返っていたポロシャツを表にし、その胸元《むなもと》を指さした。白いポロシャツの胸元には丸く黒い汚れがついている。

「これは、どうやってついたものですか？」

薬剤などの特殊な汚れだとしたら、真奈に訊いてみなくてはいけない。

「段ボールの汚れとか、伝票のカーボンとか、そんなよくある汚れなんですが……」

「だったら大丈夫だと思います。コインランドリーの洗濯機って、大量の水でざぶざぶ洗うので、よほどの汚れじゃなければ、驚くほど綺麗になりますよ」

「できるだけ真っ白にしたいんです。作業着が汚れているのって、やっぱりかっこわるいから」

琴美ちゃんが恥ずかしそうに言った。

「確かに、ぱりっと綺麗な作業着を着ていると、清潔感があって素敵ですよね」

「それももちろんあります。けど、そもそも作業着って、汚れちゃいけないものなんです」

「え？」

茜は首を傾げた。

「ドライバーでも職人さんでも、仕事ができる人の作業着ってぜんぜん汚れていないんです。仕事ができる人は、物を運ぶのも、力仕事をするのも、スマートに服を汚さずにできちゃうんです。私みたいによくわかんない汚れがついているのは、まだまだ半人前ってことなんです。塗装業や飲食業の方みたいに液体を扱う職種は、さすがに違いますけど」

「へえ、そうなんですね。初めて知りました」

茜が感心して言うと、琴美ちゃんは「普通知りませんよね。私もこの仕事を始めてから、初めて知りました」と笑った。

7

「真奈さん、港《みなと》メンテナンスさんからお電話です。来月の洗濯機のメンテナンスの件で、急ぎでご相談したいことがあるそうです」

茜は受話機を手に、洗濯代行作業中の真奈に声を掛けた。

「はーい。今、代わります。はい、もしもし、新井です。いつもお世話になっております」

真奈に電話対応を任せて、店内へ戻った。

時計は十八時を回っていた。茜の勤務時間は過ぎているのだが、今日はバックヤードの洗濯機と乾燥機を使わせてもらっていた。元々、自宅の洗濯乾燥機が故障したことがきっかけで、茜はヨコハマコインランドリーを訪れた。すでに故障の修理は済んでいたが、真奈が、バックヤードの機械が空いているときは、〝まかない〟として使っていいと言ってくれたのだ。

――真奈さんの電話、長引きそうだな。

この間にお客さんが来たら、私が対応しなくては。茜はバックヤードを振り返りつつ、一度外したデニム地のエプロンを着け直した。

そのとき、自動ドアが開く。

上下鼠色の作業着姿の大柄な男性が、早足で店内に入って来た。肩に大きなショッピングバッグを掛けている。

——なんて最悪のタイミング！

ちょうど真奈が手を離せない瞬間に、あの人がやってくるなんて。

茜は思わず頭を抱えそうになる。

「いらっしゃいませ」

一応さりげなく声を掛けてみたが、男性はおざなりに頷くだけだ。今日もまた急いでいるに違いない。

作業着の胸元に〈田野倉〉という名前が刺繍《ししゅう》されていた。

——この人、田野倉さんって名前なんだ。

心の中で〝あの人〟ではなく〝田野倉さん〟と呼ぶと決めた途端、ほんの少しだけ緊張が緩んだ気がした。

田野倉さんはショッピングバッグの中身を勢いよく洗濯機に放り込んだ。洗濯物から泥が落ちて、床に飛び散る。

茜は、ああっ！　と叫びたくなる。だが田野倉さんは、まったく気付いていない様子だ。

このままでは、またすぐに嵐のようにいなくなってしまう。

「あ、あのう……」

茜は意を決して声を掛けた。

「えっ？」

田野倉さんがきょろきょろと周囲を見回してから、自分の顔を指さした。年齢は四十歳くらいだろう。もみあげに白髪《しらが》が交じっていた。

「はい、そうです。えっと……」

声を掛けたものの、どうしたらいいかわからなくなって田野倉さんを手のひらで指し示すと、田野倉さんも「は、はい。私ですよね。何ですか？」と明らかに動揺した様子だ。

お客さんに注意をする、というのは、ここで働き始めてすぐの頃、洗濯物を長時間放置していたドン・キホーテくんこと鈴木健吾《すずきけんご》と騒動になって以来だ。

人を、それも大人を注意するというのは、とても気の重い役回りだ。

前の職場にいたときのように、常に気持ちがトゲトゲしているときなら、間違ったことをしている相手に注意をすることに躊躇《ちゅうちょ》はなかったのかもしれない。

けれど、前向きに、働くことを楽しんでいる今、万が一にも相手が言い返してくるかもと考えただけで、胃がきゅっと縮む。

――よし、一旦落ち着こう。コインランドリーでは泥がたくさんついた洗濯物は洗わないでくださいね、って笑顔で言えばいいだけだ。

茜は必死で心の中で自分に言い聞かせた。

でも、笑顔で言う、ってどうなんだろう？　かえってとんでもない嫌みに取られてしまわないだろうか。そう思ったら、さらに胃が縮み上がる。

どうしよう、と視線を泳がせたら、田野倉さんの作業着の胸元の〈田野倉〉という刺繍に再び目が留まった。

――あっ。

ふいに、琴美ちゃんの言葉を思い出した。

――仕事ができる人の作業着ってぜんぜん汚れていないんです。

改めて田野倉さんを見る。

田野倉さんの作業着は何度も洗ってくたびれていた。けれど少しも汚れてはいない。つまりこの人は〝仕事ができる人〟なのかもしれない。

もちろん、田野倉さんの仕事内容はわからない。だからそんなわかりやすい話ではないのかもしれない。けれど、でも、この人の作業着がとても綺麗だということは間違いない。

　ふいに、これまで〝得体の知れないマナー違反のお客さん〟だった田野倉さんが、急に血の通った普通の人に見えてきた。

「すみません、あの……」

　茜はまっすぐに顔を上げた。

「美味しいコーヒーはいかがですか？」

「は？」

　田野倉さんが裏返った声を出した。

「ヨコハマコインランドリーで大人気の、美味しいコーヒーです。一杯百円ですが、初回は無料サービスでお出ししています」

　田野倉さんはしばらくぽかんとした顔をしてから、

「えっと、じゃあ、それください」

と頷いた。そして、ほっとしたように鼻から息を抜く。

「わかりました。すぐにお持ちしますね」

　そうか、田野倉さんも私と同じように緊張しているんだ。

慌てて受付カウンターに駆け戻りながら、茜は心の中で呟いた。

受付カウンターのコーヒーメーカーで、こぽこぽとコーヒーを淹れていると、バックヤードから真奈が電話越しに話す声が微かに聞こえた。

「そうでしたか。他のオーナーさんは、そういうときはどうされていますか？　ああ、なるほど。じゃあ、この場合は……」

真奈の電話は、やっぱり長くなりそうだ。

──真奈さん、ここは私に任せてくださいね。

「コーヒー、お待たせしました」

カウンターテーブルに座る田野倉さんに紙コップを差し出すと、田野倉さんは「ありがとう」と笑顔を見せた。

「ずいぶん本格的な味ですね。香りもいい。こんなコーヒーを飲むの、久しぶりだなあ」

田野倉さんは気さくな口調で言って、コーヒーを美味しそうに飲んだ。

「ここのコーヒー、美味しいですよね。私も初めて飲んだとき、麦焦《むぎこ》がしみたいな香ばしい味がするって思いました」

「麦焦がし？　言われてみれば確かに」

田野倉さんが、もう一口コーヒーを飲んでくつろいだ顔をした。

「麦焦がしなんて渋いもの、よく知ってますね」

「母が大好きだったんです。よく一緒に食べました。見た目は和三盆《わさんぼん》の干菓子《ひがし》と同じに見えるんですが、麦が入っていると驚くほど香りが深くて、美味しかったです」

「それって、もしかして麦落雁《むぎらくがん》のことじゃないですか？　麦焦がしっていうのは、大麦《おおむぎ》を焙煎《ばいせん》して挽《ひ》いた粉の名前ですよ」

「ええっ、そうなんですね。母がそう呼んでいたので、てっきりあれが麦焦がしっていう名前のお菓子だと思っていました。田野倉さんこそよくご存じですね」

　さらりと名前を呼んでしまった。

「え？」

　田野倉さんが目を丸くした。

「す、すみません。上着の胸元にお名前があったので……」

　田野倉さんは目を落としてから、「ああ、これか」と笑った。

「祖父が、地元の山形で和菓子屋をやってるんですよ。九十歳の今でも現役で店をやってます」

「お祖父さまがですか？　九十歳で！　お元気でいいですね」

　勝手に名前を呼んでしまったことに、嫌な顔をされなくてほっとした。

と、思ったら、田野倉さんが急に寂しそうに目を伏せた。

「ほんとうに、人生ってわかんないもんですよね……」

田野倉さんは、左手薬指の傷だらけの結婚指輪を、右手の親指で撫《な》でるように回す。

いったいどうして、こんなに悲しそうな顔をするんだろう。

「田野倉さんは、奥さんと家事を分担されているんですね。素敵ですね。洗濯物ってかさばるから、力のある男の人がコインランドリーに持って行ってくれるなんて、とても助かると思いますよ」

田野倉さんを元気づけようとして言ったら、ふいにその顔が歪《ゆが》んだ。

「妻は、もういないんです。三ヶ月前に亡くなりました」

「えっ……」

茜は息を呑んだ。

「病気がわかったときは、もう手遅れだったんです。入院中は義理の母が家のことを手伝いに来てくれたんですが、いつまでも頼るわけにはいかなくて」

「……たいへんでしたね」

どうにかそれだけ言った。

泥の付いた服を洗われるのも、洗濯機の前に泥を落とされてしまうのも困る。掃除をする茜だけではなくて、他のお客さんも気持ちが良くないだろう。

けれど、うっすらと目に涙を溜めている田野倉さんを見ると、「マナー違反はやめてください！」なんて頭ごなしに注意するようなことをしなくて、ほんとうに良かったと思う。

「小学生の息子がひとりいるんです。ちょうど今、サッカー教室に行ってます。息子のために、どうにか私が家事をこなしているんですが、わからないことだらけでほんとうに困っています」

「あ、あの、うちのコインランドリーでは、〝洗濯相談〟を受け付けているんです。何かお手伝いできることはありますか？」

茜はカウンターのところにある料金表を指さした。洗濯代行サービスの料金が並んだ最後に、《洗濯相談　０円》と書かれている。

「洗濯相談？」

「洗濯に関することでわからないことがあったら、オーナーの真奈さんが丁寧にアドバイスいたします」

「えっと、間違いなく質問したいことはあるはずなんですが……。ちょっとすぐには思い浮かばないなあ」

田野倉さんが首を捻《ひね》る。

「わからないことがわからない、ということですね？」

「それ、小学生の頃にも、塾で言われたことがありました」

田野倉さんが額《ひたい》を叩いて苦笑した。

そのとき、カウンターの奥から声が聞こえた。

「もしよろしければ、洗濯の基本を学んでみませんか？」

電話を終えた真奈が、洗濯桶と固形石鹸《せっけん》を手に店内に出てきていた。

「店長の新井真奈です。どうぞよろしくお願いいたします。お洗濯の正しい手順を学んでいただくと、次から、とても気持ちが楽になりますよ」

――気持ちが楽になりますよ。

少し唐突な言葉だ。けれど、真奈のその言葉で、田野倉さんの顔つきがほんとうにほっと和らいだのがわかった。

「それ、教えてください。お願いします」

田野倉さんが身を乗り出すと、真奈は「お任せください」と頼もしげに頷いた。

「洗濯で大事なことは、洗濯物を仕分けすることなんです」

真奈が真剣な顔で言った。

「仕分けって、色落ちする色物や柄物は分けて洗うとか、素材タグを確認したりとか、そういうことですよね？」

田野倉さんが困った顔をした。残念ながらそんな時間はどこにもない、と顔に書いてある。

「いいえ、仕分け、というのはもっとずっと簡単なことです」

真奈が首を横に振った。

「気にして洗うべきものと、いつもどおり洗濯機にぽんと放り込んで洗えばいいものの、二つに分けるだけです」

田野倉さんが、ほう、という顔をした。

「その、気にして洗うべきものっていうのは、例えばどんなものですか？」

「二つあります。まずはデリケートな素材の服です。デリケートな素材の服は、型崩れしたり、飾りが取れたりしないように気を付けなくてはいけないので、家事に慣れていないうちは、ドライクリーニングに出すほうが手間がかからないかもしれません」

「うちは男二人なんで、デリケートな素材の服なんてそうそう持っていません。じゃあ、私が洗濯するときに気にするべきなのは、もうひとつの……」

「ひどい汚れの服です」

真奈が慎重に言った。〝汚れ〟と言うときに、申し訳なさそうに茜をちらりと見る。

「一日で目立つような汚れがついてしまった服は、洗濯機に入れる前に必ず前洗いをするようにしてみてください。泥汚れは水で洗ってもなかなか落ちず、それどころか細かい汚れが繊維の奥まで入り込んで、洗剤でも落ちなくなります。なのでまずは乾いた状態で泥を落とし、汚れ部分に少しぬるま湯をかけたら石鹸をたっぷり塗り込んでください。そのあとしっかりもみ洗いし、ある程度落ちたらしっかりすすいで、洗濯機に入れます。手間はかかりますが、洗濯物の仕上がりがまったく違います。汚れがすっきり落ちますよ」

「息子のサッカー教室のユニフォーム、泥汚れがすごいんですよ。家の洗濯機じゃぜんぜん汚れが落ちないから、コインランドリーで洗ったら少しはましになるかって思ってたんですが……」

言いながら田野倉さんが、はっとした顔をした。一瞬で頬が紅《あか》くなる。

「もしかして、こちらにご迷惑を掛けていましたか？」

強張った顔で真奈と茜を交互に見る。

次に床に目を向けて、田野倉さんは「ああっ！」と声を上げた。

「今度から泥のついたユニフォームを洗うときは、まずはそちらにあるシンクで泥を落としてからご利用くださいね」

真奈がまったく嫌みを感じさせない口調で、にっこりと微笑んだ。

「ってことは、先日も床の掃除をさせちゃってたってことですよね？　申し訳ありません。少しも気付かなかった」

田野倉さんが今にも頭を抱えそうに項垂《うなだ》れた。

「だと思いました」

真奈が気さくに応じる。

「慣れないうちは、誰だって失敗するのが当たり前です。これからも洗濯について、そして家事についてわからないことがあれば、どうぞ私たちにお気軽に訊いてください。子育てについてだって、みんなで一緒に考えれば良い答えが見つかるはずです」

――慣れないことは、失敗するのが当たり前。

茜は真奈の言葉を心の中で繰り返した。

確かにそのとおりだ。

すべての人が最初から何でもうまくできて、なのに面倒くさいから手を抜いたり、他人に迷惑を掛けても構わないと思っているなんて、そんなはずはない。

新しいことを始めた人はみんな、最初は慣れないことを必死で一生懸命やろうとし、周囲に気を配る余裕がないのだ。そしてそのせいで、思いも寄らない失敗をしてしまうものなのだ。

「ありがとうございます。助かります」

田野倉さんも、真奈の言葉を自分に言い聞かせるかのように胸元をとんと叩いた。

8

今日も暑い一日だった。店内に差し込む夕陽がカウンターテーブルに反射して、ぎらぎらと目に眩《まぶ》しい。

「田野倉さん、話してみたら、普通にいい人でしたね」

真奈と一緒にカウンターテーブルを拭きながら、茜は言った。

「それに、奥さんを亡くされて、サッカー教室に通う息子さんのために家事を頑張っているお父さんだったなんて。初めて床に散らばっている泥を見たときは、そんなこと想像もできませんでした」

平然とマナー違反をする、泥だらけの作業着を洗いに来た強面《こわもて》の人。

そんな思い込みは、何から何まで違っていた。

「誰だって、話してみたらきっと普通にいい人なんだと思います。でも、みんな結構たいへんなことを抱えて、いっぱいいっぱいの中で頑張って生きているんだと思います」

カウンターテーブルの上に、誰かがこぼしたコーヒーの染みがついている。真奈はそれを、まるで小さい子の頭を撫でるようにくるくると丁寧に拭いた。

「今日は茜さん、とても良い対応をしていただきましたね。最初に田野倉さんにコーヒーを勧めていただいたおかげで、お互いリラックスして話すことができました。完璧です」

真奈がぱちぱちと手を叩いた。

「そうですか。嬉しいです」

茜は、えへへ、と頭を掻《か》いた。

「実は琴美ちゃんに、作業服の話を聞いたんです。『仕事のできる人の作業着ってぜんぜん汚れていないんです』って。意外で驚いたので、印象に残っていて。そのおかげで、思い込みで田野倉さんを判断せずにすんだのかもしれません」

田野倉さんの作業着はとても綺麗だった。

そうやってほんのわずかな気付きができたとき、「マナー違反の人に注意をしなくては！」と強張っていた心が少し緩んだのだ。

「琴美さんのおかげですね。新しい人と出会うと、新しい視点でものを見ることができるようになるから面白いですよね」

真奈がにっこり笑った。

「そうですね。次に琴美ちゃんに会ったら、お礼を言います」

いろんな顔を持った、いまいちどれがほんとうの姿か摑みきれない琴美ちゃん。不思議な子だけれど、素敵な気付きをくれた琴美ちゃんは、絶対に悪い子じゃないはずだ。

茜は自分の胸に浮かんだ思いに大きく頷いた。

第3章 ⚓ 仲間外れの洗濯物

1

石川由香《いしかわゆか》は、頭からシャワーのお湯をたっぷり浴びたその瞬間、脱衣所に着替えを用意するのを忘れていたことに気が付いた。

「ああっ！」

せっかくお風呂に入る前に、寝室のベッドの上に自分と娘の穂乃香《ほのか》の着替えを、きちんと揃えて準備しておいたのに。

「ん？　ママ、どうしたの？」

六歳になったばかりの穂乃香が、手のひらに子供用シャンプーの泡をのせて驚いた顔をしている。

「お着替え、持ってくるの忘れちゃった。三十数えるまでに取ってくるから、それまで髪の毛を洗って待っていてくれる？」

「うん、わかった。三十数えるね」

少し前までは、ほんの一瞬でも、お風呂場に穂乃香をひとりにするなんてあり得なかった。その穂乃香も、もう来年小学生だ。ずいぶんしっかりした。

とはいっても、やはり心配だ。急いで取ってこなくては。

由香は脱衣所に飛び出すと、濡れた髪と身体をバスタオルでさっと拭いた。

ドラム式の洗濯乾燥機の上に置いた、今さっき自分が脱いだばかりの服に視線を向ける。

仕事用の、ネイビーのセンタープレスが入ったストレートのパンツと、ベージュの光沢《こうたく》のあるとろみ素材のブラウスだ。

被るだけでいい部屋着のゆったりしたワンピースならまだしも、さすがに廊下の奥の寝室まで行って戻ってくるだけのために、今からこの服を再び身に着ける気にはなれない。

一瞬だけ迷ってから、由香はバスルームの磨《す》りガラス越しに「なーな、はーち」と楽しげな声で数を数える穂乃香を振り返った。

――三十秒。

由香は胸の中でぐっと頷くと、素早くバスタオルを身体に巻いた。

その格好で、一目散に廊下に駆け出し、寝室に飛び込む。

ベッドの上――。

着替えはそこにちゃんと置いてあった。急いで手に取る。

よしっ、あとは戻るだけだ。

廊下に飛び出したそのとき、トイレのドアが開いた。

「きゃあ！　由香さん⁉」

廊下にお義母《かあ》さんの悲鳴が響き渡った。

「ど、ど、どうしたの？　その格好⁉」

お義母さんは腰を抜かしそうに驚いている。

「お見苦しい姿ですみません！　お風呂に入り始めてから、着替えを寝室に置いてきてしまったのに気付いて」

由香は慌てて胸元のタオルをずり上げた。

自分で思っていたよりもずっと、髪の毛が濡れていたようだ。水滴が剝《む》き出しの肩にぽたぽたと落ちる。

「でも、その格好……」

お義母さんは、まるでお化けにでも出くわしたように、胸のあたりに手を置いて何度も深呼吸をしている。

息子の嫁がバスタオル一枚で寝室から飛び出してきたら、すごく驚くのはわかる。わかるけれど……。

ちくりと胸が痛む。息が苦しい。

由香は素早く顔を背《そむ》けた。

「廊下の水滴、お風呂から出たらすぐに拭いておきますね」

脱衣所に飛び込んでドアを閉めた。

――あんな大きな声を出さなくたっていいじゃない。

お行儀が悪いのはもちろんわかっていた。けれど穂乃香をお風呂場にひとりにしておくのは心配だから、とにかく急いで着替えを取って戻らなくてはいけないと思ったのだ。

ふいに、涙が出そうになる。

きっかけは長く闘病していたお義父《とう》さんが亡くなったことだった。それから夫のたっての希望で、3LDKのこのマンションでお義母さんと同居を始めてから一ヶ月になる。

同居と聞いて由香は、全面的に賛成――ではなかった。けれど、夫婦共働きで余裕がないところ、育児を手伝ってもらえること、そして何よりお義母さんの上品で朗《ほが》らかな人柄を好ましく思っていたこともあり、最終的には前向きに納得したことだった。

お義母さんは、決して由香に意地悪なことを言ったりしない。穂乃香のことも心から可愛がってくれる。お義母さんは何も悪くない。

しかし同居を始めると、由香は家の中で少しも気を抜くことができなくなった。

女友達と愚痴《ぐち》をこぼし合う長電話をしたり、夜中にどうしても我慢できなくなってスナック菓子をむしゃむしゃ食べたり、それこそバスタオル一枚で廊下を走り回ったり。

今までは普通にしていたそんなことが、お義母さんの目に入ったら「いったい何事?」と思われてしまう。

買ったばかりの服を試着して、玄関で手持ちの靴と合わせてみる、なんてちょっとしたことさえも、お義母さんに現場を目撃されたらものすごく恥ずかしい。

——ここは私の家なのに。

「ママ?　もう、三十まで数えちゃったよ?」

磨りガラスの向こうから穂乃香の声が聞こえた。

「ごめんごめん。今、ちょうど戻って来たところ」

バスタオルをぽいと外したそのとき、脱衣所のドアが、こつこつとノックされた。

「由香さん?　ちょっといいかしら?」

──ええっ⁉

慌ててもう一度バスタオルを身体に巻きかけたところで、ドアが開けられた。

「きゃっ！　やだっ！　もうっ、ごめんなさいね！」

お義母さんが両手で目を隠して悲鳴を上げた。

「どうされました⁉」

やだっ！　と悲鳴を上げたいのはこっちだよー、と思いながら、由香は慌ててバスタオルで身体を隠す。

「床が濡れているから、タオルを借りようと思って」

「ごめんなさい、お風呂から出たらすぐに……」

「それまで濡れたままにしておくわけにはいかないわ。佑太《ゆうた》が帰って来て、滑ったら危ないでしょう？」

由香はうっと息を止めて、お義母さんと見つめ合った。

お義母さんの言うことはもっともだ。お義母さんは何も悪くない。でも、でも……。

「ありがとうございます。助かります」

由香は奥歯を嚙《か》み締めて、無理に笑顔を作った。

「お安い御用よ。お風呂、ゆっくり入ってね」

お義母さんはいかにもいい人そうに、そう答えた。

2

十月に入ったら、急に朝晩の潮風が秋めいてきた。

まだまだ日中は暑いけれど、じっとしていても汗が噴《ふ》き出すような真夏の暑さとはまったく違う。

リストランテ・タカオカの店内にも、長袖のお客さんがちらほらいる。

今日は、この間、真奈と一緒に買った深緑色のワンピースを着て来た。

ほんとうはこのワンピースには、ヒールの靴か艶のある革靴《かわぐつ》を合わせたかった。けれどお洒落をしすぎていると思われるのも恥ずかしくて、レギンスに白いスニーカーでカジュアルダウンした。

「ごちそうさまでした」

茜は小さく両手を合わせて、うっとりとため息をついた。

「やっぱりリストランテ・タカオカのラムチョップは、世界一ですね」

茜は充と顔を見合わせて、しみじみ頷き合う。

ああ、美味しかったなあ、と心も身体も満たされる。リストランテ・タカオカの料理にはそんな不思議な力があった。

「僕が言うのもなんですが、修は天才なんだと思います」

リストランテ・タカオカのシェフであり充の双子の弟である修は、幼い頃から料理が大好きで、とりわけ肉料理には並々ならぬ情熱を注いでいたという。小学生のときから、お年玉を貯めてデパ地下に松坂牛《まつさかぎゅう》を一〇〇グラムだけ買いに行っていたというエピソードを充から聞いたときは驚いた。

「修は、この横浜でリストランテ・タカオカを開いて、みんなに美味しい肉料理を届けるために生まれたんです」

充の冗談に、茜はくすっと笑った。

充と関わる中で、自営業というのは、家族みんながかけがえのない〝戦力〟として家業を支える世界だと知った。

クリーニング店に生まれた修が料理人の道に進むと決めるまでには、もしかすると相当の葛藤があったのかもしれない。

「修さんの才能に気付いて、全力で応援してくれるご家族で良かったです」

「僕がクリーニング高岡を継がなかったら、修は料理人を途中で諦めなくてはいけなかったかもしれません。どれだけの大騒動になったか、そしてどれだけ肉料理業界の大きな損失になったか、想像するだけでぞっとします」

充がわざとおどけて震え上がってみせた。

「充先生がいないクリーニング高岡も想像できません」

充と修の兄弟には、自分にとって〝天職〟といえる仕事を見つけた人らしい眩《まばゆ》い輝きがあった。

これからどう生きていけばいいのか。何ができるのか。そんなふうにずっと迷ってばかりの茜にとっては、羨《うらや》ましい姿だ。

「うちの家族みんなも、きっとそう思っているはずです。クリーニング高岡の未来は、とりあえず充に任せた！　ってね。でも実は、僕だって最初からクリーニング高岡で働こうと思っていたわけじゃないんですよ」

「どこか別のクリーニング店で修業されていたんですか？」

「いえ、服屋で働いていました。サッド・ヴァケイションって知っていますか？　僕は新卒入社で、あの会社で社員として働いていたんです。バイヤーを目指して、必死で英語の勉強をしたりもしていたんですよ」

サッド・ヴァケイションは表参道《おもてさんどう》に路面店がある、メンズを中心にインポートファッションを扱うセレクトショップだ。ハイブランドのデッドストックやヴィンテージのジーンズなども扱う、ファッション雑誌に必ず名前が上がるお洒落上級者用のショップだ。

「プロパーの社員さん、だったんですか？」

茜は意外な気持ちで訊き返した。

「ええ、そのときは、クリーニング高岡を継ぐつもりはありませんでした」

充がきっぱりと言った。

つまり充は、大学卒業の際に就職活動をして、入社した会社でこれからずっと働いていこうと思っていたはずだ。ということは家族のみんなも、クリーニング高岡の先行きに、何らかの覚悟を決めていたのではないか。

――でもどうして？

そんな疑問が顔に出てしまっていたのだろう。

「祖父が亡くなったんです。それに……」

充が一瞬だけ口ごもってから、寂しそうに笑った。

「僕にはあの会社で、全国から集まったライバルたちから抜きん出て、敏腕バイヤーになれるような才能はありませんでした」

「才能ですか？　そんな……」

何と答えていいのかわからなくて、茜は言葉に詰まった。

「僕は高校生の頃から、服が、特に本牧《ほんもく》あたりのお店にあるインポートの古着が好きでたまらなかったんです。いつか服に関わる仕事がしたいって、ずっと思っていました」

充は食後のコーヒーを一口飲んで続けた。

「あの会社で三年働いて、仕事って情熱や憧《あこが》れだけでできるわけじゃないって気付き、バイヤーへの夢を諦めたんです。祖父が亡くなったから、家族のために、というのは口実で、ほんとうは夢を諦めるタイミングを待っていたのかもしれません」

充が昔を思い出すような目をした。

初めて見る表情だ。事情は何もわからないのに、茜の胸がちくりと痛んだ。

「あれ？　どうかしましたか？」

「い、いえ。すみません。何でもありません」

いつの間にか茜も充に合わせて、しょんぼりした顔になっていたようだ。

「そういえば、ヨコハマコインランドリーに、真奈さんの知り合いの女の子がお客さんとして来るようになったんです。この間は、大ピンチをその子に助けてもらったんですよ」

「大ピンチ、ですか？」

「ええ、あれは間違いなく、大ピンチです」

琴美ちゃんの話を聞いていなかったら、茜はきっと田野倉さんの事情を知ることも、気持ちを寄り添わせることもできなかったに違いない。

茜は琴美ちゃんのことを説明した。

「最初は不思議な子だなって思いました。でも、おそらくいい子なんだと思います。SNSに店内の動画を勝手にあげてしまった件も、真奈さんに注意をされたらすぐに謝って投稿を消してくれたそうです。しばらくは動画を見た若い子たちの立ち寄りスポットになってたんですよ」

「それにしてもSNSに投稿された動画を見た人がすぐにヨコハマコインランドリーに来るなんて、ずいぶん影響力のある人なんですね」

充が感心したように言う。

「そうみたいです。琴美ちゃんのSNSにはフォロワーが数万人いるらしいんですよ。寝起きにアラームを止めて顔を洗うところから始めるメイク動画がバズッたのがきっかけみたいです」

ヨコハマコインランドリーを訪ねて来たカップルから、そう聞いた。

いくら元が可愛くても、寝起きのノーメイクの姿を全世界に公開できるなんてすごいことだ。

「数万人！　それってかなり人気があるってことじゃないですか？」

「やっぱり、そうなんでしょうか？」

二人で顔を見合わせる。

充も茜と同様、SNSの世界にそれほど詳しいというわけではなさそうだ。

「改めて考えると、自分のことを何万人にも発信できるって、すごく勇気があることですよね。私にはとてもじゃないけれど、そんなメンタルの強さはありません」

満員の観客が歓声を上げる横浜アリーナのステージに、スポットライトを浴びて出て行く自分の姿が浮かぶ。そしてこちらに注目する一万人の観客の前で、「今日の私」を報告する……。

想像しただけで、緊張して胃が縮み上がりそうになった。

今時の若い人のことはわからないなあ……なんて言いそうになるけれど、今年大学を卒業した琴美は、学年では茜と三つ違うだけのほぼ同世代だ。これまで茜の周囲には、琴美のように積極的にSNSで発信をするようなタイプの人がいなかったというだけだ。

「でも、最初から何万人もフォロワーがいたわけじゃないですよね。僕はそういう話を聞くと、むしろそのアカウントを始めたときの勇気のほうを想像してしまいます。新しいことを一から始めるのって、すごく勇気が必要なことですよね」

「えっ？」

茜の頭に、がらんとした会議室のような寒々しい空間が浮かんだ。

そこに向かって自分の日常を発信するのは、数万人の観客の前に出て行くのとはまた違った胃の重さを感じる。

誰もいない何もないところに向けて発信された琴美の最初の投稿は、いったいどんなものだったのだろう。

「もちろん、完全なゼロスタートじゃなくて、友達同士の楽しいコミュニティから始まったって考えるのが普通だと思いますが」

想像の世界にいる茜は、よほどぽかんとした顔をしていたのだろう。充が慌てて付け加えた。

3

由香が仕事から帰宅すると、玄関に煮物の醤油《しょうゆ》の匂いが漂っていた。

とても美味しそうな、いかにも家族団らんの幸せを思わせる匂いだ。でも、味醂《みりん》の代わりに黒糖をたっぷり使った甘い匂いに、由香はまだ慣れない。

「ただいま……戻りました」

お義母さんには丁寧に話さなくてはいけないと思うと、「ただいま」という何より嬉しいはずの言葉も、どこかぎこちなくなってしまう。

「あ、ママ、おかえり」

ダイニングテーブルで穂乃香と夫の佑太が夕飯を食べていた。

「由香さん、おかえりなさい。お仕事、お疲れさま。すぐにお食事を用意するわね」

カウンターキッチンの向こうで、フリルのついたエプロンを着けたお義母さんがいそいそと動き回る。

「今日のご飯は、筑前煮《ちくぜんに》だよ。穂乃香、筑前煮だーいすき」

穂乃香が「筑前煮」なんて料理名を知っていることを、今、初めて知った。

「お祖母《ばあ》ちゃんの筑前煮、パパも小さい頃から大好物だったよ。やっぱり親子だなあ」

佑太は笑いながら穂乃香の頭を撫でた。

「子供向けの少し甘い味付けにしているのよ。大人にはちょっと甘すぎるんじゃないかなって心配していたけれど、平気かしら?」

お義母さんが嬉しそうに応える。

「もちろん平気。むしろ煮物は、この味付けじゃないと食べた気がしないよ」

佑太は、由香が傷ついたかもなんてほんの少しも思っていない顔で、美味しそうに筑前煮を口に運んだ。

「由香さん、ご飯はどのくらい食べられるかしら？」

お義母さんがしゃもじを手に訊いた。

「ちょ、ちょっと待ってください。先に手を洗ってきます」

いかにもこの家の〝お母さん〟らしい頼もしさに満ちた、お義母さんの姿が眩しかった。

眩しすぎて泣きそうだった。全身の力が抜けて、胸の中に空《むな》しさが広がる。

通勤に使っているリュックサックを寝室に置いて、脱衣所兼洗面所に向かったら、洗濯機の上に、穂乃香と佑太、そして由香の着替えが揃えて置いてあった。

由香のレースの端が少し解《ほつ》れたブラジャーとくたびれたショーツも、まるで売り物のように綺麗に畳んである。

それを見た瞬間、身体じゅうがぎゅっと強張った。

自分の着替えを手に取り、胸の前で抱き締める。しばらくそうしていた由香は、着替えを持ったまま寝室に向かい、それをリュックサックに入れてからダイニングに向かった。

「ごめんなさい、仕事が残っていたのを思い出しました」

ダイニングに駆け戻って、開口一番そう言った。

「へっ？」

佑太が首を傾げた。

由香の仕事は、横浜港近くの通関士事務所での事務職だ。就業時間がきちんと決まっているので、持ち帰り仕事があることはそうそうない。小さい子を抱える由香にとってはありがたい職場だ。

「仕事……。今日じゅうに書類を仕上げて、コンビニからファックスを送らなくちゃいけなかったんです」

由香は穂乃香にでも佑太にでもなく、お義母さんに向かって言った。

「書類を仕上げて、コンビニからファックスを送る……？」

佑太がいよいよ不思議そうな顔をした。

「ごめんなさい、私、ファミレスで仕事をしてきます。今日じゅうに送らなくちゃいけないんです。ご飯、せっかく作っていただいたのにごめんなさい」

心臓がどくどく鳴っていた。

どうしたらいいのかわからなくなって、顔を伏せた。

「いいのよ、お仕事は大切だわ。家のことは、私に任せておいてちょうだいね」

少しも疑わない様子のお義母さんの優しい声が、鋭い刃《やいば》になって胸にぐさりと刺さった。

逃げるようにリビングを飛び出した由香の頭の中に浮かんだのは、数日前、電車の中で暇《ひま》つぶしに眺めていたインスタグラムの投稿だった。

投稿者は、最近人気の、〝インフルエンサー〟の女の子だ。

お洒落で可愛いその子——琴美ちゃんは、すっぴんからのメイクやヘアアレンジ動画、ダイエット方法の紹介のときには体重と体脂肪率、さらにスポーツブラジャー姿の全身写真まで、ちょっと危なっかしいほどに自分を明け透《す》けに公開していた。

いつも可愛い服を着て、ブランドもののバッグやアクセサリーを公開していることもあるので、きっと実家がお金持ちなのだろう。あれだけ自由になるお金があるなら、働く必要もなさそうで羨ましい限りだ。

さらに由香が暮らす横浜、それも山下公園から中華街エリアが生活圏だと気付いてからは親しみを感じてフォローしていた。

——すごいお洒落なコインランドリー見つけた！　最高すぎる！

——洗濯物、ふわっふわ！

あの日、琴美ちゃんのその短いコメントに妙に心惹《ひ》かれた。

コーヒーを手にした琴美ちゃんの笑顔の背後には、まるでカフェのようにお洒落なコインランドリーの店内が映っていた。

思わずヨコハマコインランドリーというその店名を記憶した。調べてみると、家から徒歩十分ほどのところにあった。

コインランドリーとして日常的に利用するには少し遠い。しかも我が家には、穂乃香が生まれたときに奮発して買った、高級なドラム式の洗濯乾燥機がちゃんとある。

いつか機会があったらシーツや羽毛布団など大きめの洗濯物を持って行ってみようかな、と思っていた。

「……ここだ」

もうあたりは暗くなっていた。

赤いレンガ造りの古いマンションの一階に、黒い文字で店名が書かれた小さな看板の掛かった、インスタグラムで見たとおりのヨコハマコインランドリーがあった。

明るい色の床に明るい色の光。洗いたての洗濯物のように白く輝いているお店だ。いくつかの洗濯機が回っていたが、空いているものもあるようだ。ちょうどカウンターテーブルには誰もいない。

恐る恐る入口の自動ドアを潜《くぐ》ると、

「いらっしゃいませ！」

と、明るい声が響いた。

「何かお手伝いできることはありますか？」

デニム地のエプロンをした背の高い女性店員さんの、はきはきした声に出迎えられた。

――わあ、スタイルのいい子だなあ。

モデルさんみたいに痩《や》せているわけではないけれど、しゅっと空に向かうようなまっすぐな身体、ピンと伸びた背筋は、いかにも健康的だ。

もしもこんな華やかなスタイルに生まれていたら、私は今みたいに小さなことにぐずぐず悩むことなく生きられたのかな、なんて思う。

「コインランドリーの使い方、教えていただけますか？」

ちゃんと洗濯物を持ってきたと示すように、由香はリュックサックを見せた。普段は業務用ノートパソコンや書類だけが詰まっている、通勤用のリュックサックだ。

「初めてのご利用ですね。さあ、どうぞどうぞ。使い方、とても簡単なんですよ」

店員さんに教えてもらったコインランドリーの使い方は、洗濯物を入れてガラスドアを閉じ、お金を入れるだけでほんとうにとても簡単だった。

由香はリュックサックを開けて、家から持って来た自分の着替えを洗濯乾燥機に入れた。

大きな洗濯乾燥機に入れると、洗濯物の少なさがすごく目立つ。

変に思われたりしないかな、と店員さんをちらりと見ようとすると、先ほどまで横にいた店員さんは、もう受付カウンターの中に戻っていた。

百円玉を七枚入れて、窓際のカウンターテーブルの前に座った。コインランドリーの前の暗い道を見つめる。

大きなため息が出た。

私、何やってるんだろうと、カウンターテーブルに突っ伏しそうになった。

「コーヒー、いかがですか？　初回は無料サービスでお出ししています」

「ぜひ！　ぜひ、お願いします！」

神の助けかと思った。

切実な声が出た。

「は、はいっ！　少々お待ちください！」

店員さんは目を丸くして応えると、すぐに受付カウンターに戻っていい香りのするコーヒーを持ってきてくれた。

「コーヒー、お持ちしましたっ！」

まるでラーメン屋さんのように元気な口調だ。

「ありがとうございます」

差し出されたコーヒーをすぐに一口飲んだら、熱くて苦くて香ばしくて、あまりにも美味しくてへなへなと力が抜けた。

「美味しい、です……」

ほんとうにカウンターに突っ伏してしまう。

「大丈夫ですか?」

店員さんの手が由香の背中にそっと触れた。

身長が高いからだろう、女性にしては大きな手だ。まるで小さい頃にお母さんに撫でてもらったときのような安心感を覚えた。

「大丈夫です、ありがとうございます。なんだかいろいろあって疲れちゃって」

苦笑いを浮かべたら、思わず弱音がこぼれてしまった。

「確かに、いろいろあると疲れちゃいますよね……」

店員さんが、由香の言葉を嚙み締めるようにゆっくりと頷いた。

「私も、ここで働く前にいろいろあったんです。このお店に初めて来たとき、店長が淹れてくれたこのコーヒーを飲んだ瞬間に、私もなんだかほっとして、力が抜けちゃいました」

店員さんが肩を竦めて、控えめに笑った。

その顔を見たら、由香は急に何もかも聞いてもらいたくなった。

「私、今まで夫と娘と三人で暮らしていたんですが……先月から義母と同居を始めたんです」

「ドウキョ……ですか？」

店員さんが不思議そうに繰り返した。

まだ若い店員さんにとっては、耳慣れない言葉なのだろう。

「お義母さん、少しも悪い人じゃないんです。私が仕事で出掛けている間、家事はまかせてねって、嫌な顔ひとつせずにすべてやってくれて。穂乃香……娘のこともとても可愛がってくれるんです。でも、でも、どうしても耐えきれなくなっちゃって」

店員さんが、ただ黙って頷いてくれるのが心地良い。

「今、洗っているの、私の着替えなんです。せっかくお義母さんが洗って、乾かして、畳んでくれていたのに。急に、どうしても洗いたくなっちゃって……」

――洗濯物、ふわっふわ！

スマホを手にぼんやりしていたあのとき、琴美ちゃんのあの一言が、なぜかすごく胸に響いたのだ。

微かな洗剤の匂いと、乾燥機の熱のお日さまを思わせる匂い。

美味しいコーヒーを飲んでいるその横で、今、私の洗濯物は水をざぶざぶ浴びて気持ち良さそうだ。私が溜め込んだ嫌な気持ちまで、一緒に洗い流してもらっているような気がする。

「聞いてくれて、ありがとうございます。なんだか気持ちが楽になりました」

由香は急に照れくさくなって、頬を緩めて頭を下げた。

4

平日の午前中、ヨコハマコインランドリーのカウンターテーブルには、真奈とお喋りをする小林《こばやし》さんの姿があった。

「市民体育館での無料体操教室ですか、それはとても素敵ですね。身体を動かすのって、とても大事なことですからね」

真奈が、耳の遠い小林さんでも聞き取れるようにゆっくりと大きな声で返事しながら、相槌《あいづち》を打つ。そんな気配りに、介護施設で働いていた頃の真奈の姿を想像する。

小林さんは八十代前半で、仲良しだった奥さんが亡くなってから山手の家で独《ひと》り暮らしをしている。真奈に洗濯物が生乾きになるのを防ぐ方法を教わってから、こうして月に数回、ヨコハマコインランドリーに洗濯をしにやってくる常連さんだ。

「市役所の人が勧めてくれてね。最初は気が進まなかったんだけれど、行ってみるとなかなかいい気分転換になったよ」

「小林さんは、昔から運動は得意でしたか？」

「いや、私は、スポーツはからきし駄目でねえ。野球もサッカーもオリンピックも、テレビで観戦するのは大好きなんだけれどね」

小林さんが頭を掻く。

「私も運動神経が良くなかったので苦手でした。身体を動かす前は億劫《おっくう》で、やっている最中は、なんでこんな苦しいことをしなくちゃいけないんだろうと思うのですが……」

真奈が自嘲《じちょう》するように笑う。

「頑張って身体を動かした後の爽快感は、たまりませんよね」

小林さんは「そう、そうなんだよ」と大きく頷く。

奥さんを亡くしたばかりだったときは、偏屈な怖いおじいさんに見えた小林さんも、今ではすっかり真奈や茜とお喋りをする束《つか》の間《ま》のこの時間を、楽しみにしてくれているのがわかる。

楽しげなお喋りをBGMに茜が窓ガラスを拭いていると、ヨコハマコインランドリーの前の道を、スーパーの大きなビニール袋を手に持った白髪の女の人が通りかかった。

女の人は足を止めて、カウンターテーブルに座った小林さんに目を向けた。

あっ、という顔で手を振る。

「おっと、噂《うわさ》をすれば。体操教室のお仲間の石川さんだ！」

「小林さんのお知り合いですか？ まだまだ暑いので、中で休憩されていってください」

真奈がそう言ったとき、受付カウンターで電話が鳴る。

「私が行きます。真奈さんは、電話に出てください」

ここで茜が電話に出ても、きっとすぐに真奈に代わらなくてはいけない。

「ありがとうございます。それじゃあちょっと失礼します。小林さんのお友達に、どうぞごゆっくりと伝えてくださいね」

真奈から引き継いだ茜は自動ドアから出て、石川さんと呼ばれた女の人を招き入れた。

その一瞬で、自動ドアから暑さが熱気の帯となって流れ込む。

「ああ、涼しい！」

店に入った石川さんは開口一番、うっとりと目を細めた。

年齢は小林さんよりずいぶん若く見える。まだ六十代かもしれない。白いカットソーに麻素材のエスニック柄のロングスカート、大ぶりの琥珀《こはく》のネックレスを着けたお洒落な人だ。

けれどカウンターテーブルに近づく石川さんの足取りは、少々ふらついている。

「たいへん、お水をどうぞ」

茜が冷蔵庫で冷やしていたミネラルウォーターを紙コップに入れて出すと、石川さんは椅子に腰掛けて「まあ、ありがとうございます」とか細い声で答えた。

「石川さん、熱中症には気を付けなくてはいけませんよ。我々のような高齢者は、若者よりも暑さを感じにくいと聞きますからね」

小林さんが頼もしい声で言う。

「ええ、気を付けます。今日はもとまちユニオンまで行きたくて、歩きすぎてしまいましたわ。白出汁《しろだし》を切らしてしまって。我が家の食卓には欠かせない味なんです」

石川さんは少しずつ水を口に運びながら、上品な口調で言った。

もとまちユニオンは、かつて〝ハマッ子〟文化発祥の地と言われたお洒落なショップが並んだ元町商店街にある高級スーパーだ。

「白出汁？　そうか、石川さんは関西の方でいらっしゃいましたな」

「ええ、奈良の出なんです。亡くなった主人が横浜の出身だったので、主人の実家の磯子《いそご》で四十年暮らしました」

石川さんは首に巻いた薄手のガーゼタオルで、汗を拭きながら答える。

「このあたりにはいつから？」

「まだほんの一月《ひとつき》です。すぐ近くで息子家族と暮らし始めたんです。お嫁さんが仕事を持っている人なので、家事に育児にと、忙しくさせていただいています」

「それはそれは、今時、親と同居してくれるなんて親孝行な息子さんですな」

「息子ももちろんですが、同居を受け入れてくれたお嫁さんのほうに、もっと感謝しなくてはと思っていますわ」

石川さんが控えめに微笑む。

「確かにそのとおりです。息子さんは、よくできたお嫁さんを貰いましたな」

小林さんが深々と頷いた。

「ドウキョって、そんなにたいへんなんですか？」

茜は思わず訊いた。

頭の中に、先日、暗くなってからやってきた女性のお客さんの姿が浮かんだ。

あの日は、真奈が朝から少し頭痛がすると言って薬を飲んでいたので、慌てて「今日の夜は私に任せて、真奈さんは家でゆっくり休んでください！」と、残業を申し出たのだ。

女性のお客さんは、今にも倒れてしまうのではないかというくらい、思いつめた顔をしていた。

真奈のまっすぐで素直な雰囲気を真似して、どうにかお客さんにリラックスしてもらえるように真剣に話を聞いた。

何もアドバイスはできなかったけれど、ただ話を聞き続けていたら、少しほっとした顔をしてくれたのが嬉しかった。

「私が若い頃は、お姑《しゅうとめ》さんに叱られてばかりですごくたいへんでしたの。いつも意地悪を言われて、少しも気が休まる暇がなかったの。もう昔の話だから言ってもいいわよね」

石川さんがぺろりと小さく舌を出した。

「へえ……」

今時、テレビドラマでもそんな光景はあまり見たことがない。

茜はわかるようなわからないような気分で、相槌を打った。

「だから私、お嫁さんには絶対にそんな思いをして欲しくなくて。とにかく優しく接するように心がけていますの」

「立派なお姑さんで、お嫁さんは幸せですな」

小林さんがまたまた深々と頷く。

「私は、穂乃香……孫に会わせてもらえるだけで嬉しいんです。息子家族のために、私ができることはすべてやってあげなくちゃと思っています」

石川さんが人の好《よ》さそうな顔で胸を張った。

「お孫さん、穂乃香ちゃんっていうんですか⁉」

——穂乃香……娘のこともとても可愛がってくれるんです。

先日のお客さんの言葉が胸に甦る。

この石川さんが、あの女性の〝お義母さん〟？

違う、違う、偶然だ。

必死で自分に言い聞かせるが、手のひらに脂汗《あぶらあせ》が滲《にじ》んだ。

「す、すみません。友達の子と同じ名前だったので」

「あら、そうだったのね。珍しい。同じ名前の子を初めて聞いたわ」

「そ、そうですね。私も初めて聞きました」

茜は心臓が激しく鳴る音を聞きながら、どうにかこうにか笑顔を作った。

5

「ただいまー」

1Kのマンションの部屋に帰宅した茜は、誰に言うともなしにのんびり呟いた。狭いキッチンに、食材がたくさん入ったビニール袋を置く。

石川さんと同じ、もとまちユニオンの袋――ではもちろんない。

近所にあるコンビニとスーパーの中間のような、野菜や肉や魚もひとり用のサイズから置いてある安さが売りのお店の、薄ーいビニール袋だ。

仕事帰りに、キャベツと玉ねぎと人参《にんじん》、それにトマト缶と唐揚《からあ》げ用サイズにカットされた鶏《とり》胸肉を買ってきた。

これを大鍋でことこと煮て塩コショウで味付けしただけの鶏肉入りミネストローネに、冷凍しておいたベーグルを温め直せば、もうそれだけで立派な夕ご飯の完成だ。

手を洗って部屋着に着替えて、すぐに夕飯の準備に取り掛かる。

「えっと、人参は火が通りにくいから最初に入れてっと……」

料理は少しも得意ではないけれど、こうして自分の身体の健康を気遣《きづか》った料理を作ることができる時間はいいものだ。

「いただきます！」

お化粧をしたり書き物をしたりしているのと同じローテーブルに、ラーメンやうどん用のどんぶりになみなみと注いだ具だくさんのスープと、従妹《いとこ》の結婚式の引き出物で貰った、明らかにケーキ用のお皿に載せたベーグルを並べた。

お腹《なか》が減っていたので、多少見た目がちぐはぐでも気にならない。

「ああ、美味しい……」

外食では、こんなにたくさんの野菜を一度に食べることはなかなかできない。鶏肉は煮すぎて少々硬くなってしまったけれど、自分で頑張って作ったと思えばぜんぜん許せる。レンジで温める前にさっと水にくぐらせたベーグルの縁《ふち》も硬くなってしまったが、実はこの歯ごたえが密かに好きだ。

スープをもう一杯お代わりしてすっかりお腹がいっぱいになった茜は、今度は食後のデザートに、冷蔵庫に入れていたカットフルーツを取り出した。

プラスチックカップのドーム状の蓋《ふた》を開けて、ピックに手を伸ばそうとしたそのとき、スマホが震えて、画面にメッセージが出た。

充からだ。

〈この間は、お付き合いいただいてありがとうございました。楽しかったです〉

こちらこそ、ありがとうございました。リストランテ・タカオカのラムチョップ、ほんとうに美味しかったですね。

そんなふうに返信をしようとスマホを手に取った。

すると、すぐに次のメッセージが届いた。

〈今週のアイロンがけ教室ですが、時間を夕方からに変更してもらうことはできますか？　午前中に、母を病院に送って行くことになってしまったんです〉

「あ、そうだったんですね。もちろん変更ＯＫです」

口に出しながら、すぐにメッセージを打った。

送信してしまってから、改めて見返し、慌てて付け加える。

〈お母さま、大丈夫ですか？　お大事になさってくださいね〉

すぐに既読になった。

〈ありがとうございます〉

しばらく待ってみたが、返信はたった一言、それだけだった。

きっと充は、家族で話している最中に茜のことを思い出し、すぐに予定の変更の打診をしなくてはいけないと思ったに違いない。

なのに、なぜか充との間に少し距離を感じてしまう。

——そういえば、充先生のお母さんに一度も会ったことがなかったなあ。

リストランテ・タカオカの手伝いをしたときに、充の父親には会っていた。けれどあのとき、充の母は、生まれたばかりの赤ちゃんの育児でたいへんな修の奥さんのところに手伝いに行っていたのだ。

ふいに今日、コインランドリーで話した、石川さんの姿を思い出した。

上品で優しそうで、息子家族のために精一杯頑張っている。石川さんは年齢を感じさせない若々しさに溢れた、とても魅力的な人だった。

同時に、この間、カウンターテーブルで泣きそうな顔をしていた女の人の姿が思い浮かぶ。

お義母さんとの同居が辛くて、そのお義母さんに綺麗に洗濯してもらっていた自分の着替えをどうしても洗いたくなってしまったと、眉間に皺を寄せて苦しげに語っていたあの人。

あの二人がほんとうに、お姑さんとお嫁さんなんだとしたら。

——穂乃香……娘のこともとても可愛がってくれるんです。

——穂乃香……孫に会わせてもらえるだけで嬉しいんです。

二人の声が重なる。

どちらも、相手を思いやる優しい言葉だ。

「結婚ってたいへんなんだなあ……」

恋愛をして、結婚をして、子供が生まれて、さらに結婚相手のお母さんと一緒に暮らすなんて。

今の私には想像もできない世界だ。

私があのお嫁さんの気持ちをきちんと理解するには、これから経験しなくてはいけないことがあまりにも多すぎる。

——けど。

茜はプラスチックカップに入ったカットフルーツに目を落とした。

——もしも旦那《だんな》さんと暮らしたら、さらに子供や義理の母親と暮らすことになったら、こんなふうにユルい生活はできないんだろうなあ。

ヨコハマコインランドリーで働き始める前のどうしようもない暮らしに比べたら、食事から部屋の整理整頓までとても頑張っているつもりだ。

けれど誰かと一緒に住んだら、唐揚げ用の鶏肉を放り込んだミネストローネにベーグルだけの夕ご飯というわけにはいかないだろうし、カットフルーツはきちんとお皿に出して食べなくてはいけないのかもしれない。

そんなことを考えていると、再びスマホが震えた。

「ええっ？」

思わず声を上げた。

充からだった。

大きなハートマークのスタンプ。おまけに〝だいすき〟と書いてある。

「えっ？　えっ？　どういうこと？　充先生、いきなりどうしたの？」

顔が真っ赤になる。パニックになって部屋の中を歩き回る。

これはもしかして、充からの愛の告白なのだろうか。

スタンプひとつで？　そんな中学生みたいなことある？

それとも充は、深い意味もなく、気軽に人に〝だいすき〟なんてハートのスタンプを送るような人なのだろうか。

いや、そんなことは絶対ない。

茜は立ち止まり、再びスマホに目を落とす。

「あっ」

〈送信を取り消しました〉の文字と共に、一瞬でハートマークが消えた。そしてまた着信

音が鳴り、

〈ほんとうに、ほんとうにごめんなさいっ！　間違えました！　このスタンプを送ろうとしたんですっ！〉

〝ありがとうございます〟と書かれた花束のスタンプが送られてきた。先ほどの〝だいすき〟スタンプと同じタッチのイラストだ。

きっと充は、相当焦っているに違いない。こういうときは即返事を返してあげなくては。

〈驚きました。了解です。まったく気にしていないので！〉

茜は縺《もつ》れる指で、あり得ないくらいの速さで返信をした。

そこからは返信の応酬《おうしゅう》になった。

〈ほんとうに、ほんとうにごめんなさい！〉

〈いえいえ、お気になさらず。充先生、スタンプ間違えてるなって、最初からわかっていましたから！〉

〈ほんとうに申し訳ないです！〉

〈ぜんぜん、大丈夫ですよ！〉

もし私が充先生に、間違えて〝だいすき〟なんてスタンプを送ってしまったら……。

想像しただけで、さらに顔が真っ赤になって悲鳴を上げそうになる。

でも……。

でも、あのスタンプ、少しも嫌じゃなかった……かもしれない。

茜はいつの間にか笑顔になって、火照《ほて》った頰を押さえた。

6

日差しは強いのに風は涼しい。ようやく日中でも秋の気配を感じられるようになった土曜日。今日の横浜は、最高のお出掛け日和《びより》だ。

町は朝早くから、観光客らしい華やいだ表情の人たちで溢れ返っていた。

「おはようございます！」

ヨコハマコインランドリーに一歩足を踏み入れた瞬間、茜は心の中で、「あっ」と呟いた。

カウンターテーブルに、見覚えのある女の人の姿があった。

茜に気が付いた女の人はコーヒーの入った紙コップを手に、「また来ちゃいました」と小さく笑った。

先日、自分の洗濯物だけを洗いにやってきた穂乃香ちゃんのお母さん――おそらく石川さんと同居するお嫁さんだ。

「いらっしゃいませ」

「おはようございます。今日は夫が娘と山下公園に遊びに行ったので、私はひとりで朝活をさせてもらっています」

カウンターテーブルには、ミナペルホネンの刺繍カバーを掛けたほぼ日《にち》手帳が開いてあった。三色ボールペンを使って丁寧にスケジュールが書き込んである。

「旦那さんと娘さん、公園でお散歩なんですね。今日はほんとうに気持ちがいいですからね」

茜はバックヤードに荷物を置いて、エプロンを着けて店内に出た。

回っている機械はひとつだけだ。洗濯乾燥機タイプのもので、あと十分、と表示が出ていた。

きっとあの女の人は一時間くらい前から、ここでのんびりコーヒーを飲みながら洗濯物が仕上がるのを待っているのだろう。

女の人は、先日会ったときよりもずっとリラックスした雰囲気だった。手帳をじっと見つめる表情は真剣だが、コーヒーを飲むときは美味しそうに目を細めている。

きっと、このコインランドリーを気に入ってくれたに違いない。

少しでも癒やしの時間になってくれていたらいいなと思いつつ、茜は稼働していない機械に雑巾をかけ始めた。

と、白いものが視界の端で揺れた。

「ん？」

目を向けると、店のガラスに白いビニール袋が風でくっついていた。ビニール袋はほんの一瞬だけそこに留《とど》まってから、すぐに別のところへ飛んでいく。

「おっと。待って待って」

茜は弾《はじ》かれたように自動ドアを飛び出した。一目散に走ってビニール袋を捕まえる。中に食べ歩きの人が捨てたらしいフランクフルトの串が入っていると気付いて、もうっ、と鼻息が荒くなる。

私が横浜の美観を守ったぞ、と入口のそばで得意げにビニール袋を畳んでいると、

「やあ、茜さん。おはよう」

振り返ると、軽く手を上げた笑顔の小林さんが立っていた。

「おはようございます。今日は空《す》いているので、どれでも自由にお使いいただけますよ。いいお天気なので、みんな朝からお出掛けしてしまっているのかもしれません」

「いや、私も今日はここを通りかかっただけなんだ。せっかくのお天気だからね。家を出たついでに、山下公園まで足を延ばそうかと思ってね」

「そうでしたか。確かに、お出掛けをしないともったいないくらい良いお天気ですよね」

茜は青い空を見上げた。

「ほんとうに、涼しくなってほっとしましたわ」

——ええっ⁉

小林さんの背後に石川さんがいることに気付いた。二人とも、ジャージ姿でリュックサックを背負っている。

体操教室は土曜日の朝だったのか！　と、茜は心の中で叫ぶ。

「真奈さんはいるかい？　挨拶をしていこうかと思ってね」

小林さんが店内を覗き込もうとする。

「い、いえ！　真奈さんは、えっと……」

今日はお休みなんです、なんて嘘を言うわけにはいかない。真奈はバックヤードで洗濯代行の仕事をしている最中だが、いつ表に出てきてもおかしくない。

店内を素早く振り返る。

カウンターテーブルでは、ふむふむ、と小さく頷きながら、顔を手帳に向けて書き込みをしている女の人の姿がある。女の人はこちらに少しも気付いていない。

背後の洗濯乾燥機は、今まさに回転のスピードを緩め始めていた。

「もしかして、忙しいところだったかい？　おっと、それは申し訳なかったね」

「い、いえ。すごく忙しいってわけではないと思うんですが。でも、ちょっと今は……」

罪悪感に胸がちくちく痛むのを感じながら、茜はごめんなさいというように両手を合わせた。

「もちろんそういうときがあるのは承知だよ。それじゃあ石川さん、参りましょうかな」

「ええ、お邪魔いたしました」

「いいえ、お邪魔なんて、まさかまさか、そんな」

振り返る。洗濯乾燥機はまだ回転している。

なるべく窓に身体を張り付かせるようにしながら、茜がほっと息を抜きかけたそのときだった。

「あ、そうそう。あなた、あかねさんっておっしゃるのね？」

石川さんの言葉に、茜は、ひっと悲鳴を上げそうになった。

「え、ええ。そうです。中島茜です」

早口で答える。

「あかね、って、今アメリカで暮らしている私の娘と同じ名前なのよ。あかねって、どんな漢字を書くの？　茜色の茜？　朱色の朱に音や明るい音って書くあかねさんもいらっしゃるわよね？」

店内では、まだ洗濯物が軽やかに舞っている。

「そ、その、最初の茜です。茜空の、茜です」

ぶんぶんと首を大きく縦に振った。

「あら、それじゃあうちの娘とまったく同じだわ」

「そうでしたか。それはそれは。奇遇ですね」

親しげに微笑んでくれる石川さんに、いかにもおざなりな対応をしてしまう。どうしようどうしようと、全身に、わっと冷汗《ひやあせ》が滲むのを感じる。

――そのとき。

ピーッ、ピーッ。ピーッ。

洗濯乾燥機の終了音に反応した女の人が、手帳から顔を上げて茜たちのほうを見た。目が見開かれる。

茜は息を吞んだ。

「あらっ？」

石川さんも女性に気付いた。

「お、お、お、お義母さん⁉　どうしてここに⁉」

しばらくの沈黙のあとで、女の人の悲鳴のような声が、店内に響き渡った。

7

頭の中が真っ白になるというのは、こういうことかと思った。

由香は叩きつけるように手帳を閉じて、震える両手を握り締めた。

絶対に会いたくないタイミングで、絶対に会いたくない人に会ってしまうなんて。

自動ドアがゆっくり開いた。車や風の音が、息が苦しくなるような現実感を伴《ともな》って店内に流れ込んでくる。

「由香さん？　どうして？」

目を丸くしてお義母さんが入って来る。

「ここ、コインランドリー、よね？　お洗濯をするところよね？　どうして由香さんがここに？」

「……洗濯をしたかったんです」

強張った声でそれだけ答えた。

いったい私は何を言っているんだろう、と真っ白になってしまった頭の中で考える。

「うちの洗濯機が壊れてしまったってこと？　それはたいへんだわ。すぐに修理依頼の電話をしなくちゃいけないわね。今日は土曜日だから、月曜日になったらすぐに私が——」

早合点《はやがてん》したお義母さんが、慌てふためく。

「……いいえ、違います。家の洗濯機は何の問題もありません」

由香は首を横に振った。ロボットのような喋り方だ。

「え？　それじゃあどうして、わざわざお金を払ってコインランドリーにお洗濯に来ているの？」

お義母さんはまったく話が見えないという顔をした。

由香は黙り込む。

完全に言葉を失ってしまっていた。

「イ、インスタグラムです！」

そのとき、お義母さんの横にいた店員さんが裏返った声を上げた。

「石川さん、インスタグラムって知ってますか？　スマホで撮った写真や動画をシェアするSNSです」

「ごめんなさい、若い人の流行はちっともわからないわ」

お義母さんは店員さんが話している途中で、すでに申し訳なさそうに肩を竦めていた。

インスタグラム、シェア、SNS。どれもお義母さんの世代の人には遠い話だ。

「ああ、すみません。ヨコハマコインランドリー……インスタグラム……インターネットで紹介されてから、大人気なんです！　ここのコーヒーを飲みながらコインランドリーを利用するのが、若い人に大流行なんですよ。ね？　そうですよね？」

店員さんが助け舟を出してくれているのだと気付き、由香は慌てて頷いた。

「ここ、私がお気に入りのインスタグラマーの琴美ちゃんって子が、すごくお洒落なコインランドリーって紹介していたんです。家からも近いから、一度利用してみたかったので」

「えっ⁉　そ、そうです。ここは、琴美ちゃんのインスタグラムで紹介されたんですよ！」

店員さんが一瞬だけすごく驚いた顔をした。

「……そうだったのね。難しいことはわからないけれど、確かにとてもお洒落なコインランドリーね」

お義母さんは由香と店員さんに順に目を向けて、にっこりと笑った。

どうにか誤魔化せたようだ。

「今、お洗濯物の乾燥が終わったみたいね。ちょうどよかった。今朝出したガーゼタオル、乾いているかしら？　思ったよりも日差しが強いから、これからお散歩に出る間、首のところに巻いていければと思って」

由香は息を止めた。

「この歳《とし》になると、日差しで体力を奪われますからな。真夏以外は、首に巻きものは大事です」

お義母さんの背後から知り合いらしいおじいさんが顔を出した。二人でうんうんと頷き合っている。

このコインランドリーで洗っているのは、由香の洗濯物だけだ。

店員さんは凍り付いたように硬直している。

せっかく店員さんが助け船を出してくれたのに、ほんとうに申し訳ない。

「わかりました。ガーゼタオルですね。見てみます」

洗濯物の中を捜《さが》すふりをしてみせて、ガーゼタオルは洗濯カゴに忘れてきてしまったと言うしかない。きっとそれで乗り切れるはずだ。

由香は平静を装って洗濯機に向かった。

分厚い丸いガラスのドアを開ける。

乾いた温かい風が、ふわっと押し寄せた。

「ガーゼタオル、ガーゼタオル、っと」

柔らかい洗濯物の中に手を入れた。

肌に馴染んだ自分の服が、ほかほかと温かい。まるで大きな動物を撫でているような、優しい温もりを感じた。

——仕上がったばかりの洗濯物って、なんでこんなに気持ちいいんだろう。

身体じゅうの力が抜けていく。

「由香さん？　大丈夫？　どこか身体の具合が悪いの？」

由香の顔を覗き込んだお義母さんが、ぎょっとしたような声で言った。

気が付くと、由香の頰を涙が幾筋も伝っていた。

涙がぽたぽたと落ちる。このままだと鼻水も垂れてきそうだ。

由香は洗濯機のドラムの中から、お気に入りのタオルハンカチを取り出した。

ここからすぐ近くの横浜元町に本店を構える近沢《ちかざわ》レースのタオルハンカチは、いちばんシンプルなもので千五百円くらい、少し高級なものになると二千円近い。タオルハンカチにしては高額だったが、まるで花束を持っているかのように気分が上がるアイテムだった。

縁に幅が五センチくらいある豪華なレースがついた、毛足が長くて艶やかなタオルハンカチだ。タオル地の色は薄紫。繊細なレース部分は、少し濃い目の紫と白で彩《いろど》られている。

由香はそのタオルハンカチを顔に押し当てた。

洗濯方法なんて一切気にせずにぽいと洗濯乾燥機に放り込み、何度も何度も洗濯してきたタオルハンカチは、買ったときよりもほんの少しだけ色が薄くなっている。角が刺さりそうなくらい硬くしっかりしていたレースも、型が崩れ始めていた。少しも目立たないけれど、きっとそこかしこに綻《ほころ》びがあるに違いない。

乾いたばかりの温かいタオルハンカチで涙を拭いたら、小さい頃、母親の胸に顔を埋《うず》めて泣いていたときのことが胸に甦った。

頬がとても温かい。ようやく血が通ったような気がする。私の頬は、さっきまで血の気《け》が引いてずいぶん冷たくなっていたのだろう。

由香は大きく息を吸った。

「お義母さん、驚かせてごめんなさい。実は私、ここで自分の洗濯物だけを洗っていたんです。みんなの分、もちろんお義母さんの分の洗濯物は、今、家の洗濯乾燥機で洗濯中です」

一気に言った。

「……そんな。いったい、どうして？」

お義母さんは今にも泣き出しそうな顔だ。両手で頬を押さえて視線を床に落とすと、小刻みに首を横に振る。

由香はタオルハンカチをぎゅっと握り締めた。タオルハンカチから温かい空気がふわっと流れた。

「私だけ、家族の中で仲間外れになったような気がしたんです」

四十近くにもなって、なんて子供っぽいことを言っているんだろうと情けなくなる。けれど、温かいタオルハンカチを握ったら、胸の中に積もった本心が口からこぼれ落ちた。

「仲間外れ……」

お義母さんがゆっくりと噛み締めるように繰り返した。

「あの家で、お義母さんと佑太さんと穂乃香が家族で、私は邪魔者みたいな気がしたんです」

家族のためにたくさん協力してくれているお義母さんを、傷つけてしまう言葉だとはわかっていた。

　けれど胸の中に渦巻くこの情けない気持ちを、他にどんなふうに言い表したら良いのかわからなかった。

「邪魔者だなんて。まさかそんなはずがないでしょう？」

　由香の言葉を遮《さえぎ》りかけたお義母さんが、急に黙った。その苦しげな顔に、由香は胸が締め付けられた。

　どれくらい沈黙の時間が流れたのだろう。

　ふと、お義母さんが何か思い当たったかのように頷いた。

「そうだったわね」

　そう言って大きなため息をつく。

「……由香さんの気持ち、わかるわ」

「えっ？」

　由香は耳にした言葉の意味がわからなかった。

「まったく同じなんですもの、磯子の家で暮らしていたときの私と」

　お義母さんは、結婚と同時にお義父さんの実家でご両親と同居生活を送ったはずだ。

　どういうことだろう。

「お義母さんも、私と同じような気持ちだったんですか？」

「……ええ」

お義母さんが、ふっと笑った。

「誰にも言えなかったけれど、私もね、磯子の家でとても辛くて寂しかったの。だから、由香さんに同じ思いだけはさせないようにって思っていたの。でもやっぱり、同じことを繰り返しちゃうのね」

そう言って、お義母さんはとても悲しそうな目をした。

「由香さんにこんなに辛い思いをさせていたなんて、ほんとうに嫌になっちゃう。私、なるべく早くに引っ越し先を探します」

お義母さんは肩を落としながらも、きっぱり言った。

――えっ？

まさかこんなにあっさり、引っ越し先を探すと言われてしまうなんて思わなかった。

今さっき私が口にしてしまったことは、お義母さんの心に大きな傷をつけてしまったに違いない。

そんなつもりじゃない。ただ、胸の内を黙っていることができなくて……。

――おばあちゃんが、いつもおうちにいてくれて嬉しいな。

ふと、穂乃香の幸せそうな顔が胸を過る。

仕事から疲れて帰って来ると、いつも由香の分もちゃんと用意されている美味しい夕ご飯。そして、いつも綺麗に整理整頓された気持ちのいい部屋。

お義母さんにたくさんのことを助けてもらっているのに。お義母さんのおかげで心地良く暮らせているはずなのに。

私は言ってはいけないことを口にしてしまったのだ。

「ごめんなさい、私、そんな……」

そのとき、背後から、

「いらっしゃいませ。何かお手伝いできることはありますか？」

真っ白なシーツをぱっと広げたような爽やかな声が、店内に響いた。

由香が振り返ると、カウンターの奥から華奢《きゃしゃ》な女の人が現れた。短く切りそろえた前髪が、清潔そうな凛《りん》とした表情に良く似合っていた。

今まで対応してくれた背の高い店員さんと同じ、デニム地のエプロンを着けている。

「はじめまして。店長の新井真奈です」

真奈と名乗ったその人は、子供のようにまっすぐな目で由香を、そしてお義母さんを見た。

「ごめんなさい、店内でこんな……」

ありえないくらいみっともない姿を見せてしまった。もうこのコインランドリーには二度と来られないな。

由香は頬がかっと熱くなるのを感じながら、「帰ります」と慌てて洗濯乾燥機から洗濯物を取り出そうとした。

「ヨコハマコインランドリーでは、無料で〝洗濯相談〟を受け付けています。洗濯物に関わることならなんでも、お力になります。何かお手伝いできることはありますか？」

――何かお手伝いできることはありますか？

繰り返されたその言葉が、強く胸に迫る。

彼女が指さした壁のパネルには、〝洗濯代行サービス〟の料金表の最後に、《洗濯相談0円》と書いてあった。マクドナルドの《スマイル0円》を思い出した。

お手伝いしてもらいたいこと。私はこれから先、お義母さんとあの家でどうやって暮らして行けばいいんだろう。お義母さんともっと仲良くしたいし、もっと優しくしてあげたいと思っているのに、どうしてこんなふうに傷つけるようなことを言ってしまったんだろう。私はいったいどうしたらいいんでしょう、と相談したいことが、胸にたくさん詰まっている。

めちゃくちゃにこんがらがってしまったこの気持ちも、大量の水でざぶざぶ洗って、ガス式の強力な乾燥機で勢いよく乾かして解《ほぐ》して欲しかった。

「私、この前、仕事が残っていると言って出て行った日の夜も、自分の着替えをここで洗っていたんです。せっかくお義母さんが洗って乾かして畳んでくれたものを、もう一度洗っていました」

今、お義母さんの顔を見る勇気はなかった。由香は、真奈さんという、その女性だけを見ながら口を開いた。

「お義母さんのことは大好きなんです。一緒の洗濯機で服を洗うのは生理的に無理とか、そんなことはまったくないんです。でもどうしても、ここで自分の服だけを洗いたかったんです」

仲間外れの私の服を、思う存分のびのびと洗ってあげたかった。ただそれだけだった。

「そうでしたか。そういうお客さんって、よくいらっしゃいますよ」

由香の告白を聞いた真奈さんがにっこりと微笑み、少しも驚いた様子もなく頷きながらさらに続ける。

「家族でも下着は別の人に触られたくないという理由などで、別々に洗いたいという方はもちろん、もっと単純にお気に入りの柔軟剤を使いたいとか、乾燥機は使わずに陰干ししたいとか、洗濯にこだわりのある方ってたくさんいらっしゃいます」

「……そんなことをしたら、ずいぶん水道代や電気代がかかってしまいますわね」

お義母さんが遠慮がちな声で言った。

「ただ、洗濯をするだけだと思うと、確かにそうですね。でもここでは、家でももちろんできるのに、カフェにちょっと高めのコーヒーを飲みに来たついでに洗濯もできる、って気分で利用されている方も案外多い気がします」

真奈さんは、カウンターテーブルに置かれた由香の飲みかけのコーヒーと、ミナペルホネンのカバーのついた手帳に優しいまなざしを向けた。

「洗濯って、とてもプライベートなものですから、みなさん考え方は千差万別《せんさばんべつ》です。家族だから、一緒に住んでいるからこうでなくちゃいけないって、あまり固く考えなくてもいいと思いますよ」

――家族だから、一緒に住んでいるからこうでなくちゃいけない。

洗濯について語ってくれているだけなのに、真奈さんの言葉が胸にちくりと刺さった。

確かに私は、お義母さんと暮らし始めてから、すべてを受け入れなくてはいけないと思っていた。

頭の中に漠然《ばくぜん》とある、ホームドラマの中のように全員が笑顔で食卓を囲む幸せな家族のイメージ、それを決して壊さないために。

でもその結果、お義母さんにべったり懐いている穂乃香に、時々、今まで見たこともないような子供っぽい喋り方をする夫に違和感を持ち、それがいつのまにか疎外感に変わっていった。家でなんだか居心地《いごこち》が悪いと思ったその瞬間、私はお義母さんの親切をちょっと迷惑に思う自分の心の狭さに嫌気が差し、どんどん落ち込んでしまった。

「お義母さん、さっきはごめんなさい」

由香は顔を上げ、お義母さんの目を見つめた。

「どうか、家を出て行くなんて言わないでください。穂乃香も佑太さんも、それにもちろん私も、お義母さんが家にいてくれてとてもありがたいんです。一緒に暮らせて嬉しいんです」

ひとりで悶々《もんもん》とするばかりだったのが嘘のように、自然にそんな言葉が出た。

お義母さんに感謝の言葉を伝えたら、ずっとそう思っていたかのように心が軽くなった。ついさっき、辛い胸の内を告白してしまったときよりも、さらに気持ちが楽になった。

お義母さんの目に涙が浮かんでいた。

「ありがとう。由香さんがそう言ってくれて嬉しいわ。それじゃあこれまでどおり……、ううん、これからみんなで仲良く頑張りましょうね」

お義母さんの背後にいたおじいさんも、やれやれ、という顔で頷く。

「お義母さん、ひとつだけ、ひとつだけお願いがあります！」

「えっ？」

お義母さんが驚いた顔をした。まさかまだ話が続くとは思わなかったのだろう。

「ときどきこのコインランドリーで、自分の服を洗濯させてもらえませんか」

しばらく沈黙が訪れた。

その場にいるみんなが微動だにしない。

沈黙を破ったのは、お義母さんだった。

「わかったわ。私からも、ひとつだけお願いしてもいい？」

「えっ？」

由香は驚いて訊き返した。

「あの家に、私用の洗濯機を置かせてもらいたいの」

「お義母さん用の洗濯機……ですか？」

戸惑《とまど》う由香に、お義母さんがきっぱりと言った。

「店長さんが言ったとおり、洗濯ってとてもプライベートなものでしょう？　私は、これからは自分の、そしてあなたたち家族のプライベートを大切にしたいの。そうすればきっと私たち、もっと良い形で仲良くなれると思うの」

お義母さんがにっこり笑った。

「もっと良い形で、仲良くなる……」

由香は、お義母さんの言葉をゆっくり繰り返した。

8

玄関チャイムが鳴った。

「こんにちは。ネコダ電気です！　洗濯機の配達に伺いました！」

ネコダ電気の制服姿の大柄な配達員さんが、大きな段ボール箱を台車に載せて現れた。

「設置場所、どちらにしましょうか？」

「こちらにお願いします」

すかさずお義母さんが上ずった声で言った。子供のようにはしゃいでいる。

脱衣所をリフォームして、もう一台の洗濯機を置けるようにしたのだ。

「了解です」

配達員さんはうんっと唸《うな》ると、たったひとりで洗濯機を持ち上げて、手際よく洗濯機置き場に設置してくれた。

「わあ、すごい！」

「力持ちねえ！」

由香とお義母さんは、歓声を上げて顔を見合わせた。

「縦型の洗濯機は、ひとりでも運ぶことができるんで助かります。ドラム式の洗濯機はものすごく重量があるので、どんなマッチョでも絶対に数名いないと運べないんですよ」

配達員さんが汗を拭きながら言って、一瞬でホースを排水口に繋《つな》いでくれた。

「それじゃあ、失礼します！」

配達員さんはつぶした大きな段ボール箱を畳んで、つむじ風のように去って行った。

「やっぱり縦型がいいわ。それも、二層式じゃなくちゃ」

お義母さんが、嬉しそうに縦型の洗濯機の蓋を開けて中を覗き込む。

「二層式の洗濯機って、頑丈で、汚れがよく落ちるのよ。それに浸《つ》け置き洗いができるのが何よりも嬉しいわ。手洗いした服の脱水だけをするのも、とても簡単なのよ」

お義母さんがこんな早口で喋るのを初めて聞いた。

縦型で洗濯槽と脱水槽がそれぞれ別にある。由香は見たことがないような古い型だ。けれどこの家で今まで使っていたドラム式洗濯乾燥機と同じ国産メーカーが作っている、ぴかぴかの新品だ。

由香からすると、洗濯と脱水を分けなくてはいけないなんて、いかにも面倒くさそうだ。一度ドラム式洗濯乾燥機の便利さを知ってしまうと、乾燥機能が付いていない洗濯機なんて想像もできない。

でも、ぜひこの型の洗濯機を使いたいという人が今でもたくさんいるから、メーカーは商品を作り続けているのだろう。

「二層式って初めて見ました。面白いですね」

「今では全自動洗濯機ばかりですものね。またこのタイプを使えるなんて思わなかったわ」

お義母さんが目を輝かせてしみじみと言った。

「……あの、お義母さん」

由香は遠慮がちに声を掛けた。

「なあに？」

「もし乾燥機能が必要なときは、いつでも言ってくださいね。きっと梅雨《つゆ》の時期とか、必要なときがあると思います」

お義母さんが、ぱっと笑った。

「ありがとう。そのときはお願いするわ。由香さんも、もし漬け置き洗いが必要なことがあったら、いつでも言ってね」

「……ありがとうございます」

家族だからこうでなくちゃいけないなんて無理をせず、お互いが快適だと思える適度な距離感を保ちながら。真奈さんから教えられたことだ。

私はこれからもっとお義母さんと仲良くなりたい。もっと楽しく過ごしたい。

「でも実は私、漬け置き洗いや手洗いなんて、やったことがないんです。面倒くさくて、少しでもデリケートな洗濯物はすぐにクリーニングに出してしまっていたので」

ぽろりと本音の言葉がこぼれ出た。

「あら、そうなの？　私は前の家にいた頃は、おしゃれ着用の中性洗剤を使って、結構何でも自分で洗っていたわ」

「何でも、ですか？」

「ええ、ウールのニットはもちろん、レースやサテンやカシミヤも」

「ええっ？　家で洗えるんですか？」

どの素材も水洗い厳禁というイメージだった。

「気付かない程度の皺や毛羽立ちで、質感が変わってしまっているとは思うの。でも自分が着る服だから、買ったときのままの状態が保てているかどうかよりも、毎回きちんと洗濯して、綺麗になっているほうが気持ちがいいのよ」

「わかります。できることなら、毎回しっかり洗った綺麗な服を着たいですよね。冬の素材は、着るたびにクリーニングに出すわけにもいかないので、ちょっと気になっていたんです」

由香は肩を竦めた。

「もし良かったら、やり方を教えましょうか？」

「ほんとうですか？　ぜひ教えてください」

窓の向こうで、ネコダ電気のトラックが大きなエンジン音を立てて去って行った。

ふいに、インスタグラマーの琴美ちゃんのことを思い出す。

――琴美ちゃん。素敵なコインランドリーを教えてくれてありがとう。

由香はお義母さんの新品の洗濯機をそっと撫でて、小さく笑った。

第4章 ⚓ 水玉のワンピース

1

「それにしても琴美ちゃんって、すごく影響力のある子なんですね。インスタグラムの投稿は一日で削除されたのに、それを見たお客さんが、いまだに店に来てくれるなんて」

茜はバックヤードの床にモップがけをしながら、真奈に話しかけた。

店内では、いくつかの洗濯乾燥機が回っている。あちらでは大量の白い泡と水がガラスドアにざぶざぶとかかり、こちらでは乾燥中の洗濯物が軽やかに宙を舞う。店内で仕上がりを待つお客さんはいない。

先日の石川家のお姑さんとお嫁さんの出来事で、お嫁さんの口から〝琴美ちゃん〟の名前が出てきたときは驚いた。

「琴美さん、そんなに人気者なんですね」

バックヤードの作業台で洗濯物を畳みながら、真奈も目を丸くしている。

「よしっ、モップがけ、終わりました。ついでに受付カウンターのランドリーバッグ、こちらに運んでおきますね」

掃除を終えた茜は、受付カウンターに置かれた大きなランドリーバッグを抱えた。

「ありがとうございます。助かります」

茜はランドリーバッグを次々にバックヤードへ運び入れながら、作業台の上に丁寧に畳んで重ねられた洗濯済みの洗濯物に、ちらりと目を向ける。

タオルやパジャマの中から、ベージュの〝股引《ももひき》〟と思《おぼ》しき洗濯物が目に飛び込んでくる。

――あの洗濯物、おじいさんのものかな。

きっとこの洗濯代行の利用者は高齢の男性か、その介護をしている人なのだろう。

慌てて目を逸《そ》らす。

こんなふうに洗濯物の持ち主のことを想像してしまうことは、きっとすごく失礼なことだ。

けれどいけないとわかっていても、作業をしているのは生身の人間だ。自然に目に入ってしまうものはどうしようもない。

晴れてクリーニング師の資格を取って、自分のことを洗濯のプロフェッショナルと自信を持つことができたら、こんなふうにバックヤードでどぎまぎすることも減るに違いない。

——試験勉強、頑張るぞ！

ひとり大きく頷く茜の耳に、自動ドアが開く音が聞こえた。

「いらっしゃいませ」

受付カウンター越しに店内を覗くと、ツール・ド・フランスに出場する選手のようなヘルメットを被って光沢のあるスパッツを穿《は》いた大塚が、「おっ、茜ちゃん、おはようー」と呑気な声を出す。

「大塚さんでしたか。その格好は、いったいどうしたんですか？」

「息子たちに影響されてロードバイク、始めてみたんだよね。『弱虫《よわむし》ペダル』って知ってる？ 面白いよ！ そのせいか、実際今の小中学生の間ではかなりメジャーなスポーツになってるらしいよ。秋の風が気持ちいいよー。身体も引き締まるし、すごくおすすめ。茜ちゃんもやってみない？」

大塚が得意げに、表に停めたフレームの赤い塗装が艶々光るスポーツタイプの自転車を指さした。

——息子たち。

大塚の口から出たその言葉に、思わず茜は頰を緩めた。確か、まだ二人とも小学生のはずだ。

離婚する前の大塚は、家庭を一切顧《かえり》みずに仕事に没頭していた。当然、家事も育児も元奥さんにすべて任せきりで、「俺、子育てって向いてないから」なんて平気で口に出す最低な父親だった。

けれど真奈との出会いによって、「ほんとうはいいお父さんになりたかった」と気付いた大塚と息子たちとの関係は、少しずつ変わってきているようだ。

「自転車、いいですねえ。大塚さんが真冬になっても続けられたら、私もやってみようかなあ。はい、コーヒーどうぞ。いつもの席に置いておきますね」

「なんだよその言い方は。失礼な。もちろん続けるさ」

大塚が口を尖《とが》らせていると、再び自動ドアが開く。

「おはようございます」

入って来たのは琴美ちゃんだ。今日は大きめサイズのTシャツにミニスカート姿だ。

メンズのXLサイズくらいのTシャツは、琴美の太腿の真ん中くらいまで丈があり、角度によっては下に何も穿いていないように見える。

相変わらず、ひやりとさせられる服装だ。

琴美ちゃんは大塚に気付くと、「あっ」と小さく呟いた。

「表のロードバイク、お兄さんのですか？　カッコイイ！」

「ん？　う、うん、ロードバイク。自転車、好き？」

洗濯乾燥機に洗濯物を入れていた大塚が、不意に声を掛けられて、あたふたしているのが面白い。

カッコイイと言われたくてたまらないくせに、ほんとうに「カッコイイ！」と言われてひどく戸惑っている。

それにしても、茜も琴美の気安さと、距離の縮め方のうまさに驚いていた。

三十五歳の大塚は、茜にとってでさえどこからどう見ても間違いなく〝オジサン〟だ。それをあんなふうにさらりと〝お兄さん〟と呼ぶなんて。

胸に何かが引っ掛かる。

「大好きです！　いつか乗ってみたいなあ、って思ってて。でも私、自転車のこと、少しもわからないんです。あれって、すっごく高いんですよね？」

琴美ちゃんが大塚に駆け寄った。

「いや、俺にとっては、そんなにすっごく高いってわけじゃないけど。でも若い子にとっては、結構な値段かもしれないよね？」

大塚が目を泳がせながら茜に話を振ってくる。

茜は、「私に言われても……」と首を傾げるしかない。

そんな二人をよそに、琴美ちゃんは話を続ける。

「すごーい！　大人って感じですね。行きつけのショップとかあるんですか？」

「えっと、これは本牧のロードバイク専門店で買ったけど」

「そうなんですねー。今度、私も連れて行ってくださいよお」

――えっ？

琴美が大塚の肩に甘えるように手を乗せたのだ。

――えっ？　えっ？

茜が目を瞠《みは》ったそのとき、自動ドアが開いて、ドン・キホーテのビニール袋に洗濯物を詰めた、ドン・キホーテくんこと鈴木健吾が入って来た。

「おはようございまーす」

「あ、健吾くん、おはよう。大学、ちゃんと行ってる？　今日はお休み？」

健吾は、茜がヨコハマコインランドリーで働き始めて最初に出会った〝困った〟お客さんだったが、今では週に一度はここへやってきて、茜や真奈と気軽にお喋りをしていく常連さんだ。

「ちゃんと行ってるってば。今日は午前中の講義が休講になったから、家事やっとこうと思ってさ」

健吾が照れくさそうに言った。

「えらいえらい。ご飯はちゃんと食べてる?」

「もう、毎回、その母親みたいなのやめてってば」

苦笑いの健吾が、店内の琴美ちゃんに気付いた。

ぽっと頬が赤くなる。

チラチラと琴美ちゃんのほうを見ながら、ビニール袋にぐしゃぐしゃに突っ込まれた洗濯物を、隠すように素早く機械に入れる。

普段の健吾と明らかに違う様子に、茜は、あらあら、と母親のような気持ちになる。

――琴美ちゃんって、やっぱり可愛いんだなあ。

二人のほうに目を戻すと、琴美ちゃんが名残惜《なごり》しそうに大塚から身を引くところだった。

「もう少しお話を聞きたいんですけど……。私、今から用事があるんで、乾燥が終わる頃に取りに来ます」

　そう言い残すと、琴美ちゃんは長い髪をふわりとなびかせて出て行った。

「茜ちゃん、ちょっといい？」

　大塚が周囲を気にしながら手招きをした。

「琴美ちゃん、不思議な子だよね。不思議っていうか、危なっかしいっていうかさ。なんだかちょっと心配だなあ」

　大塚がコーヒーを口に運びながら、真面目な顔をした。茜は窓ガラスの向こうの琴美ちゃんの後ろ姿に目を向ける。

「そう思うなら、その場で本人にきちんと言ったほうがいいですよ。私から見ると、大塚さん、すごーくでれでれして、とっても嬉しそうでしたよ」

「なっ……！」

　ごふっと音がして、大塚がひどくむせた。

「茜ちゃん、ひどいよそれ……」

　また咳《せ》き込む。

「大丈夫ですかー。でも、ほんとうにでれでれしてるようにしか見えませんでしたけどね」

茜は素知《そし》らぬ顔で言って、大塚に冷たい目を向けた。

2

長田大輔《おさだだいすけ》は自室の机の上で、百円ショップのくねくね曲がるスマホスタンドにスマホを置いた。何度も角度を調整していちばん見やすい位置にしてから、動画を再生する。

「今日はメイク初心者さんにもぴったりな、五分でできる最強時短メイクをご紹介します」

ヘアバンドで前髪を上げて、眉毛《まゆげ》のないメイク前の顔を惜《お》しげもなくさらすのは、可愛い女の子——琴美ちゃんだ。

お金と時間がかからない初心者向けのメイク動画を探していたときに、琴美ちゃんの動画に辿《たど》り着いた。

「まずはオールインワンゲルを顔全体に塗ります。オールインワンゲルって、化粧水と乳液が一緒になっていてすごく便利ですよねー」

琴美ちゃんは手早く透明なゲルを顔に塗る。

「はいっ、完成！　……うん、完成ってことにしときましょう！」

頰に残ったゲルを塗り広げながら、琴美ちゃんは、てへっと笑う。

大輔も少しだけ一緒に笑った。

――よし、やるか。

大きく息を吐くと、琴美ちゃんのものと同じオールインワンゲルを、おっかなびっくり顔に塗る。

――うわっ、べたべただ。

正直、かなり気持ち悪い。

「時間に余裕があるときは、美白美容液とかを先に塗ることもあるけど、今日は時短メイクなんで、やめときますねー」

大輔は、うんうん、と頷く。

女の人というのは、毎日化粧をするたびにこんなべたべたするものをいろいろ顔に塗っているのか。たいへんだなあ。

「UV効果のある化粧下地を米粒ひとつ分出して、顔全体に馴染ませます。ここでティッシュオフすると、次のファンデーションがとっても乗りやすくなりますよ」

ティッシュオフ、という言葉を初めて聞いたときは、塗ったばかりの下地をティッシュですべて拭《ぬぐ》い取ってしまうという意味かと思って混乱した。けれどそうではなく、ティッシュオフとは、ティッシュを顔にそっと置いて余分な皮脂や油分だけを取ることらしい。

琴美ちゃんの真似をして、ティッシュを顔に広げた。

かなり顔がはみ出す。どうやら大輔の顔の大きさは、琴美ちゃんの一・五倍くらいあるようだ。

「それから、眉毛がない部分だけこのペンシルで埋めて、眉頭《まゆがしら》は眉マスカラで整えて。アイメイクは、ベースに眉用シャドウのいちばん明るいブラウンを使うと、自然な陰影ができます。そうそう、涙袋はこの少しパールが入っているアイシャドウがおすすめです」

何度も動画を一時停止にしつつ、琴美ちゃんに言われるままに目元に色を重ねていく。

「次に、リップラインは上唇をオーバー気味に塗ると、唇がぷっくり見えていいですよ。上唇の山部分にハイライトを入れるのを忘れずに。はい、これで完成です」

琴美ちゃんがヘアバンドを素早く取って、髪をかき上げながらカメラに向かってにっこり笑って見せた。

画面全体が、きらりと輝くような気がする。

――可愛い子だな。

大輔の胸が高鳴る。

だが、目の前の曇《くも》った鏡に目を向けると、一瞬でその気持ちはどん底に落ちた。

「何だよこれ……」

思わず頭を抱えてしまった。

鏡に映っているのは、顎《あご》に青々とした髭《ひげ》の剃《そ》り跡《あと》のある、ごつごつした大きな顔の三十四歳の男だ。その顔にメイクをしているので、珍妙なのを通り越して恐怖さえ覚える。

「い、いや、これは髪形のせいかも、だよな。これを被ればきっとちょっとはましに……」

自分に言い聞かせるように呟いて、短めに髪を切り整えた頭にフルウィッグを被る。ウィッグのパッケージの写真どおりになればセミロングの巻き髪の、大輔の覚えているイメージにだいぶ寄せられるはず……。

しかし、鏡の中の大輔は、まさにおばちゃんパーマと呼びたくなるようなくるんくるんにカールしたショートカットになっていて、おまけに頭のてっぺんが変なふうに浮いていた。

「ああ……ひどい……」

大輔は絶望の呻《うめ》き声を上げた。情けなさいっぱいで、自分の顔をしげしげと眺めた。

「でも……基子《もとこ》おばちゃんに似てなくもないかな……」

数年前に亡くなった伯母《おば》の顔が頭に浮かぶ。

基子おばちゃんが今の大輔の顔を見たら、「少しも似てないわよ、失礼しちゃうわ」とぷりぷり怒ったに違いないけれど。

苦笑いを浮かべながら、大きく長い息を吐く。

階下で何かが落ちる音が聞こえた気がして、はっと顔を上げた。大輔は赤いワンピースを掴むと立ち上がった。

3

月曜日の朝。自動ドアが開いて、店内に微かに秋の匂いが流れ込む。

猛暑の夏から秋への変わり目は、毎日少しずつ身体が軽くなっていくような気がする。

茜は鼻歌を歌いながら、エプロンを着けて店内に出た。

「いらっしゃいませ。あ、長田さんでしたか。洗濯代行サービスのご利用ですね」

スーツ姿の長田さんという男性客が、大きなランドリーバッグを肩に掛けて入って来た。

「今日もよろしくお願いします」

長田さんが受付カウンターにランドリーバッグを置く。背が高く、少しだけぽっちゃりした体形の穏やかな雰囲気の人だ。

この数ヶ月、週に一度ほどヨコハマコインランドリーの洗濯代行サービスを利用してくれている常連さんだ。

「大サイズのランドリーバッグひとつ、確かに受け付けました。引き換え証、忘れずにお持ちくださいね」

長田さんは見るからに出勤途中だ。急いでいるに違いないので、できる限り素早く引き換え証を渡す。

「ありがとうございます。良い一日を」

長田さんが落ち着いた声でいつものように言った。外国の人が「Have a good day!」と言うときのような、とても自然で気持ちの良い挨拶だ。

長田さんのこの挨拶を聞けた日は、なんだか少し得した気分で過ごせる。

「長田さんも良い一日を！　いってらっしゃい」

「いってきます」

長田さんは少し照れくさそうに返して、出勤して行った。

「真奈さん、長田さんがいらっしゃいました」

そう言いながら、ランドリーバッグをバックヤードに抱えて行く。

「ありがとうございます。ちょうど洗濯機が空いたところです」

真奈がビニール手袋をして、作業台の上で手渡したランドリーバッグのチャックを開けた。

ボールペンやポケットティッシュなどがポケットに紛れ込んでいないか確認しながら、中身の洗濯物をプラスチックのカゴに入れていく。

たくさんのタオルと、お年寄りの女性のものらしき服と下着、それに長田さんのものと思われる服と肌着。きっと長田さんは、高齢のお母さんと二人暮らしなのだろう。

そこで、またやってしまったと反省しながら、茜は慌てて真奈の手元から目を逸らす。

洗濯代行の洗濯物について、真奈と茜で「あの人、こんな服を着ているんですね」とか、「汚れていますねー」なんて話すことは、決してない。

洗濯物は究極のプライバシーだ。取り扱いには細心の注意を払わなくてはいけないし、たとえ他に誰もいなくても話題にすることではないという緊張感のある雰囲気を、常に真奈から感じていた。

「おっと」

そのとき真奈が、手を入れたはずみにランドリーバッグを作業台から落としそうになった。真奈は慌ててランドリーバッグを掴む。

「大丈夫です。どうにか落とさずに済みました」

照れくさそうに笑う真奈のもう片方の手に握られた服に、茜は目を見開いた。

「そ、それ……」

まるで幼稚園児の女の子が着るような、真っ赤な生地に白い水玉模様のパフスリーブの、それもすごく大きなサイズのワンピースだ。

自分の手にしたその服に視線を向けた真奈が、一瞬だけぎょっとした顔をする。

「茜さん、駄目ですよ。お客さんのプライバシーに立ち入っては」

真奈が自分自身にも言い聞かせるように、唇を結んで厳しい表情を浮かべた。

「は、はいっ！　すみません！」

真奈はワンピースもプラスチックカゴに入れた。地味な色使いの洗濯物の山の頂上に、水玉模様の赤いワンピースがけばけばしく広がる。

――何かおかしい。

そのワンピースは、どう見ても高齢の女性が着るデザインではない。それにあのサイズ感。通常Lサイズを着ている茜でも見たことがないくらい、たっぷりと生地を使っていた。おそらくXXLサイズかそれ以上だ。

「いってきます」と、店を後にした長田さんの大きな背中が目に浮かぶ。

——あのワンピース、やっぱり長田さんが自分で着ているってことだよなあ……。

今は多様性の時代だ。男性が女性ものの服を着ていたって、少しも不思議ではない。

——でも……。

茜の胸の中に、なぜかもやもやが広がっていく。

——ありがとうございます。良い一日を。

そう言った長田さんの優しそうな顔を思い出し、茜はそのもやもやを振り払った。

4

クリーニング高岡のアイロン室は、四畳半ほどの広さで、壁一面にハンガーに掛けられた服が掛かっている。布張りの大きなアイロン台の上で、百五十度に設定したアイロンから、熱い鉄の匂いが漂っていた。

「よーい、始め！」

充の掛け声と共に、茜はシャツを広げた。

霧吹きを使って、綿一〇〇パーセントのワイシャツにたっぷり水を掛ける。水を染み込ませるように、ワイシャツを小さく畳んでその手に力を込める。

再びシャツを広げ、皺を伸ばすように表面を撫でると、袖、襟、後身頃《うしろみごろ》、前身頃《まえみごろ》の順に、息を殺してアイロンを掛ける。

「終わりましたっ！」

茜がワイシャツを畳み終えるのと同時に、充はストップウォッチのボタンを押した。ピッ、とちょっと間抜けな音が鳴る。

「十二分四十八秒」

茜はがくりと肩を落とす。

「ぜんぜんダメでした。制限時間の十分を、三分近くオーバーしちゃっています」

今日はいつにも増して、うまくできたつもりだったのに。

「いい感じですよ」

充がにっこり笑う。

「もっと速くできるようにならなくちゃ。これからは家で、本番の試験のように、十分のタイマーを掛けてカウントダウン方式で練習するようにします」

「カウントダウン方式で練習するのは、まだ待ってください。それだと、十分のアラームが鳴ってしまったら、もうそこでやる気がなくなっちゃうでしょう？　最後の仕上げまできっちりやりきることが、とても大事なんです。もうしばらくは、時間よりもすべての過程を最後まで集中してやる練習が必要です」

「確かに……」

茜の性格では、アラームが鳴ってしまったら、もう一度最初からやり直したくなってしまうだろう。それでは、そのあとの工程の練習がおろそかになってしまう。

「くれぐれも焦らないでください。焦らずにただ目の前のことに熱中してやっていれば、たいていのことはうまくできるようになりますから」

充は茜がアイロンがけしたワイシャツを点検して、「うん、やっぱりとてもいい感じですよ」と頷いた。

茜はため息をついた。

「たぶん私、すごく焦っています。二月の試験で、どうしてもクリーニング師の試験に合格したいんです」

自分の人生に自信を持ちたい。一度は失敗してしまった人生から、私はもうすっかり立ち直ったと言い切りたい。

そのためには〝合格〟という晴れがましい言葉が必要なのだ。

それに……。

「北海道で暮らすご両親とネネちゃんにせっかく会いに行くなら、お土産に良い知らせを持って行きたいですよね。ぜひそうしましょう！　僕も全力でサポートします」

充が力強く頷いた。

「ネネちゃんの名前、覚えていてくれたんですね。びっくりしました」

茜は充をじっと見た。

「そんなに驚くことですか？」

「私にとっては、ネネちゃんは家族の一員ですけど、充先生が自然に、ネネちゃんって会話に出してくれて、なんだか嬉しかったです」

そう答えながら、茜は胸の内で呟く。

――それに、合格して充先生にも喜んで欲しいです。

「で、でも、アイロンがけってとても楽しいです。ここに通い始めてから、アイロンがけがこんなに面白いなんて初めて知りました」

何が〝でも〟なんだろう、なんて思いながら、茜は少し慌てて言う。

皺だらけの綿一〇〇パーセントのワイシャツが、惚れ惚れするほどきちんとした形に整っていくのが、面白くてたまらないのはほんとうだ。

「見ていてよくわかりますよ。アイロンがけしているときの茜さんって、いつもすごく楽しそうですよね」

充が笑った。

「やりたいことに熱中するのって、こんなに楽しいんですね。充先生も、試験を受ける直前ってこんな感じでしたか？」

充が虚を衝かれたような表情をした。

「僕は……」

少し戸惑った顔をしてから、充が口元だけで笑うようにして言った。

「僕は、何も考えていませんでした。クリーニング高岡を継ぐことになったときに、家族に言われるままに、流れに乗って資格を取っただけです」

クリーニング店を継ぐと決めるまでは、表参道のセレクトショップ、サッド・ヴァケイションの本社で働いていたという充の過去をちらりと思い出す。

「それでもあんなに綺麗なアイロンがけができるようになってしまうんですから、充先生はきっと天才なんですね」

なぜか、生まれ持った才能ですね、とは言ってはいけないような気がした。

「天才なんて、言いすぎです」

少し強張っていた充の表情が、ほっと解れた。

「僕の場合は、技術がある程度上達してから、仕事が楽しいと思える時期がやってきました。家族やお客さんに僕の技術を喜んでもらえているという実感を得て初めて、寝る間も惜しんでいろんなことに挑戦したいという気持ちになれたんです」

「そんな順番もあるんですね……」

みんながみんな、初めから何もないゼロから大きな目標に向かっているわけではない。最初は周囲の勧めに従ってこなしていたことが、みんなの笑顔を見ているうちに、それが熱中できる仕事に変わっていく。

そんな働き方もあるんだなと茜は思った。そして、それもとても素敵なことだと思った。

「タイミングはみんなそれぞれ違うかもしれません。でも、何かに熱中するっていうのは、やっぱり楽しいことですよね」

充の言葉に、茜は大きく頷いた。

5

翌日、バックヤードで洗濯物を畳む真奈の横で、茜は伝票に返送用の住所を記入していた。

「家で何度も練習しているんですが、あと三分、どうしても短縮できないんです。今度、自分がアイロンがけをしている姿を動画に撮って、どこでもたもたしているのか確認してみようと思っています」

「茜さん、焦らず落ち着いて、ですよ」

真奈がさまざまな大きさの洗濯物を、魔法のように同じ形に畳んでいく。

「それ、充先生にも言われました」

「人は焦ると、急に今までとはぜんぜん違った方向が正しいように見えてくるんです。でもほとんどの場合、それは勘違いです。その落とし穴に落ちないようにしてくださいね」

「……そうなんですね。気を付けます」

茜は今聞いた言葉を心にしっかりと刻みつけるように大きく頷いた。

再びペンを取って、伝票記入の作業に戻る。

神奈川県と東京都の住所がほとんどだが、時々、東北や関西の住所も交ざっている。洗濯代行を利用するのは、お年寄りを自宅で介護している人や、育児中の若い夫婦が多い。

ペンを走らせていると、茜の視界の端に赤いものがちらりと映った。

「あっ」

　思わず顔を向けると、真奈が見覚えのある赤地に白い水玉模様のワンピースを畳んでいた。

「長田さん、今日もまたいらしたんですね。いつもは週に一度なのに。珍しいですね」

　前回長田さんが来たのは月曜日、今日は木曜日だ。

「茜さん、駄目ですよ」

「あ、ごめんなさい」

　またやってしまったと、茜は肩を竦めた。

「洗濯物って、その人の、その家の、生活のすべてがわかってしまうんです」

　真奈が手を動かしながら、あくまでも一般論、という口調で呟くように言った。

「年齢や性別、家族構成がわかるのはもちろんですが、さらに、どんな服をどんなふうに着て過ごしているかで、持ち主の心の中がそっくりそのまま見えてしまうときもあります」

　真奈が、男性用のタンクトップの解れた部分を、くるりと隠すように畳んだ。

「だからなるべく洗濯代行の仕事のときは心を無にして、プロフェッショナルに徹して取り組むようにしているんです」

　割り切ったような言葉に反して、真奈の洗濯物をそっと撫でる手つきは優しい。

「でも……長田さん、ほんとうにどうしたんでしょうか」

それでも心配が頭から離れない茜がそう言うと、真奈は何か言いかけてから、

「私には、何も聞こえていません」

と、素知らぬ顔でそっぽを向いた。怒っているわけではなさそうだ。

「どうしても、ちょっと心配なんです。長田さんって、いつもとても物腰柔らかで真面目そうな人で、〝良い一日を〟っていう長田さんの挨拶、私、結構楽しみにしているんです」

「確かに、素敵なご挨拶ですよね」

真奈が相槌を打ってくれる。

「最初、あの長田さんが女装しているなんて、って思っちゃったのは確かなんです。でも、改めて考えてみたら、私がもやもやしたのはそのことについてじゃありませんでした。長田さんが、明らかに異質な洗濯物を平気で洗濯代行に出してくるのはなぜかってことについてでした。これまでの長田さんなら、私たちに違和感を抱かせるようなことはしなかったと思うんです」

長田さんが初めて洗濯代行を利用するお客さんだったたならば、こんな不穏な気持ちにはならなかったはずだ。世の中にはいろんな人がいるなあ、とちょっと驚いただけで済んだだろう。

けれど多少なりとも、お互いを知っていて、今や楽しく挨拶を交わす相手だからこそ、長田さんの急な変化に戸惑いを覚えたのだ。

「ヨコハマコインランドリーでは、洗濯相談を受け付けています。もしも長田さんにお困りのことがあったら、ぜひ洗濯相談を利用していただきたいなあと、ここ数日ずっと思っていました」

真奈が手を止めて、そう言いながら茜のことをまっすぐ見た。

「それまでは、残念ながら、私たちにできることはありません」

「……はい。私もそのときまで、このことについては考えないようにします」

茜は自分に言い聞かせるように言った。

「それよりも……」

真奈が何か言いかけた。

「それよりも？」

「いえ、ごめんなさい。何でもありません。忘れてください」

真奈は首を横にふるふると振った。

6

今日は雨が降ったせいで少し肌寒い。この雨で、暑かった夏もようやく終わりを迎えるようだ。乾燥機があるので一年じゅうほんのり暖かいヨコハマコインランドリーの空調も、今日からはクーラーではなく〝送風モード〟で大丈夫そうだ。

もう何ヶ月も仕事のときは半袖Tシャツばかりだったけれど、今日は長袖Tシャツを着て来た。

「それじゃ、よろしくお願いします……」

その後に続く言葉を待ってみたけれど、今日の長田さんは〝良い一日を〟とは言ってくれず、慌てた様子で店を後にした。

「いってらっしゃーい」

自動ドアが閉まる前に急いで声を掛けたけれど、長田さんには聞こえていないようだった。

後ろ姿のワイシャツの背に皺が目立つ。洗濯代行ではワイシャツは洗っていないはずなので、クリーニングから戻ってきたものを何回か続けて着ているのかもしれない。髪が伸びて耳にかかってしまっているのも気にかかる。そんなことも、これまではなかった。疲労困憊《こんぱい》といった感じだ。

――長田さん、良い一日を。

茜は心の中だけで呟いた。

ここ最近、長田さんの様子がおかしいのは間違いなかった。

少しずつ身なりに気を配る余裕がなくなってきて、さらにあの〝良い一日を〟の挨拶もなくなってしまった。あの赤いワンピースが登場してからだ。なんだかとても心配だ。

「真奈さん、長田さんのランドリーバッグです」

茜は、なぜか少し緊張しながら、バックヤードの真奈にランドリーバッグを手渡す。

「はい、ご苦労様です」

ランドリーバッグのチャックを開けた真奈の手が止まった。

洗濯物が黒かった。

汚れているという意味の、黒い、ではない。黒い服ばかりが大量に入っているのだ。もちろん、白やベージュのタオル、長田さんのお母さんのものらしい肌着や花柄のパジャマもある。そしてここ最近いつも入っている赤地に白い水玉のワンピースも。

しかしTシャツ、チノパン、靴下、速乾素材のアンダーシャツなどなど、長田さんが普段身に着けていると思われる大きなメンズのサイズの服は、ほとんど真っ黒になっていた。これまでは、黒いものはほとんどなかったのに。

「…………」

真奈は何も言わない。けれど真奈の胸の内にも、茜と同じ不安が過ったのがわかった。

「わ、私、店内の掃除をしてきますね！」

わざと元気よく言って、茜は掃除機を手にバックヤードから飛び出した。

掃除機の大きなモーター音が響く中で、今のはいったい何だったんだろう、と改めて考える。

ちょうど季節が秋に変わるところだ。長田さんは、衣替えをしただけなのかもしれない。

でも、それにしても、と茜は思う。長田さんにとってこの秋は、あんなふうに真っ黒なものばかりを選んでしまいたくなるような気分なのだろうか。

「茜ちゃん、おっはよー。今日、天気が良すぎて会社に行きたくない気分だったから、リモートワークに変更してもらっちゃったよ。俺くらいのポジションになると、結果さえ出していればそういうの、かなり自由が利《き》くんだよね」

「ああっ！　大塚さん、いいところに！」

自動ドアが開いて、蛍光ライムグリーンのウエットスーツのようなサイクルウェアを着た大塚が現れた。

「今日のファッション、ただごとじゃないくらい明るくて、とても素敵ですね」

一点の曇りもない、目がちかちかするような派手な色にかえってほっとする。

「あ、これ？　ちょっと派手すぎるかなと思ったんだけど、ロードバイクに乗るときって、何より目立たないと危険だからね。一度着てみると、気分が上がって病みつきになるよ。自分の殻《から》を破ったたっていうかさ……」

「大塚さん、ちょっと教えてください。男性の肌着って、昔は白ばかりでしたよね？　私の父も、綿一〇〇パーセントの白いタンクトップみたいなものばかり着ていました」

「ん？　確かに昔はそうだったたね。けどユニクロでエアリズムとかヒートテックとかが出始めたあたりからは、木綿の白いインナーは着なくなったなあ」

「じゃあ、男性の肌着が黒ばかりって、今の時代ならそんなに変なことじゃないんでしょうか？」

「うーん」

大塚が首を捻る。

「黒のインナーってサラリーマンだと難しいよね。ワイシャツって、実はめちゃくちゃ透けるからさ。中に黒を着るとインナーがくっきり見えちゃうから、俺は基本グレーかベージュを選ぶね」

「なるほど……」

「そりゃ俺くらいお洒落だったら、インナーも私服用と仕事用で使い分けているって人もいると思うけれど」

「………」

長田さんの優しそうな顔が脳裏に浮かぶ。同時に赤地に白い水玉のワンピースも浮かぶ。

なんだか頭が混乱してきた。

「ちなみに、ジャケットでも黒い服ってさ、やっぱり黒子《くろご》が着るものだと思うんだよね」

「どういう意味ですか?」

「俺も黒い服ばかり手に取っちゃうときってあるんだけどさ。仕事でお客さんをアテンドするときとか、普段でも目立ちたくないときとか。あと、何となく人を寄せ付けたくないときとかだったりって気がするな」

いきなりずしりと重いことを言う。

「大塚さんでも、そんな暗い気分になるときがあるんですね」

もしかしてこの間、別れた奥さんが再婚すると聞いた時期のことかな、とちらっと思ったけれど、もちろん口には出さない。

「いや、暗いっていうのとも少し違って、煩《わずら》わしいことはぜんぶスルーしたいときっていうかさ。まさに舞台上の黒子みたく、目の前の出来事を自分には関係ないこととして、現実感を感じずにさっさとやり過ごしたいような、そんな気分？」

「へえ、そうなんですね」

茜は、わかったようなわからないような気分で頷いた。

大塚がカウンターテーブルに座ってノートパソコンを立ち上げている間に、茜はコーヒーを淹れて戻ってくる。大塚がコーヒーを一口、美味しそうに飲んだ。

「そうそう、話は変わるけど、あの琴美ちゃんって、すごい人気のインフルエンサーなんだね。偶然見つけて驚いたよ」

大塚が忙しくスマホを操作し始めた。

「どうして偶然見つけるんですか？　普通見つかりませんよ。わざわざ検索して必死に捜したんじゃないんですか？」

茜は白い目を向けた。

「し、失礼な。横浜近辺の美味しいランチを紹介するインスタのアカウントをフォローしてたら、おすすめに出てきただけだよ。ほら、証拠はこれ」

大塚がスマホの画面を見せる。

ローストビーフが山盛りになった頂上に卵黄が落とされている、何とも美味しそうなローストビーフ丼の紹介投稿の直後に、〝おすすめ〟としてキラキラした琴美ちゃんの顔写真が出ていた。

「なんかちょっと危なっかしい子だなあと思ってるから、フォローはしてないよ」

大塚はなぜか言い訳がましく言う。

「危なっかしいのは大塚さんのほうです。琴美ちゃんのページ、見てもいいですか？」

「うん。あ、今朝また更新してる」

――おはようございます。みなさま、今日も良い一日を。

「琴美ちゃんって、ＳＮＳでもやっぱり育ちが良さそうな挨拶なんですね」

良い一日を。

一瞬、長田さんを思い出す。

加工された琴美ちゃんの写真に目を向ける。さらさらの髪に華やかなお化粧、画像加工のフィルターのせいで実物の印象よりうんと目が大きく見える。

琴美ちゃんのフォロワーたちは、まさかこの子がトラックドライバーの仕事をしているなんて、想像もつかないに違いない。

コメントのひとつに、ふと目が留まった。

胸がどきんと鳴った。

《………》

大きな鎌を持った骸骨《がいこつ》、という気味悪いアイコンで、琴美ちゃんの投稿に、わざわざ無言のコメントを入れている人物がいた。

7

ちょっと前までは十九時過ぎまで明るかったのに、ここ数日は十七時が近づくともう外が暗くなり始めていた。

「あ、田野倉さん。こんばんは」

大きなショッピングバッグに洗濯物を詰め込んだ、作業着姿の田野倉さんが飛び込んできた。

「こんばんは！　この洗濯物、今から息子をサッカー教室に送って行って、十八時までには必ず取りに来ますっ！」

田野倉さんは、チラチラ壁の時計を見ながら言う。

「今日はそんなに混雑していませんし、ちょっと一休みされてから来ていただいて大丈夫ですよ。慌てずに、安全運転で行かれてくださいね」

田野倉さんは、あれから月に一度ほどヨコハマコインランドリーに通ってくれている。おそらく今は、家の洗濯機では洗濯が追い付かないほどバタバタしている時期なのだろう。

忙しさに息を切らせてはいるけれど、ここへ初めて来た時よりはずっと溌溂《はつらつ》とした雰囲気になった田野倉さんに、茜は心の中で「頑張ってくださいね」と声を掛ける。

「すみません、ありがとうございます！　店長さんによろしくお伝えください」

駆け足で嵐のように去って行く田野倉さんを見送ったら、店内は茜だけになった。そろそろ帰る時間だな、と茜が時計を眺めていると、自動ドアが開いて長田さんが現れた。

「長田さん、おかえりなさい。お仕事お疲れさまでした」

常連さんには、たまにこんな挨拶をするときもある。

今日の長田さんは、まるで歩きスマホの人のように顔を伏せて店内に入って来た。

「……こんばんは」

長田さんの返事のタイミングが、不自然に少し遅れた。

「洗濯物、お持ちしますね。少々お待ちください」

あれっ？　と思いつつ、茜がバックヤードに向かったそのとき、どさっという音が響き渡った。

「長田さん⁉」

長田さんが受付カウンターの前で倒れていた。

「真奈さん、来てください！　長田さんがたいへんです！」

バックヤードに声を掛けて、茜は長田さんに駆け寄る。

長田さんは、お尻からその場にへたり込むように倒れていた。

「大丈夫ですか？　頭を打ったりしていませんか？」

真奈が小走りで駆け寄ると、長田さんの腋《わき》に腕を回した。真奈の倍くらいあるように見える長田さんの大きな身体を、壁に寄りかからせる。

介護施設で働いていた真奈らしい、鮮やかな手際の良さだ。

「顔色が悪いですね。茜さん、横に倒れないように支えてあげていてください」

長田さんの顔からは、血の気が引いていた。自分が倒れたということにまだ気付いていないようで、苦しげな呻き声を上げて、眉間に皺を寄せて目を閉じている。

真奈が、濡らしたタオルを長田さんの額に当てた。しばらくそうしていると、少しずつ長田さんの顔色が元に戻ってきた。

「……すみません、ご迷惑をお掛けしました」

ようやく言葉が出てきてほっとした。

「とんでもないです。お怪我《けが》はありませんか？　手首と足首を回してみてください。転倒のときに咄嗟《とっさ》に踏んばったり突いたりして傷《いた》めやすいんです」

長田さんは真奈に言われたとおりに、手首足首の関節を回してみせてから、「どうにか大丈夫そうです」と小さく笑った。

「季節の変わり目は、身体に疲れが溜まることがありますよね」

真奈が普段とは少し違う声音《こわね》で言った。とても優しいのに、きっぱりと頼もしげに聞こえる。茜まで安心感に包まれる。

「そうですね。ついこの間まで、あんなに暑かったのに」

「今やもう、すっかり秋ですよね。ちょっとぼんやりしているうちに、あっという間に冬になりますね」

真奈が長田さんの体調を気遣いながら言葉を掛け続ける。たわいもない世間話だったけれど、そのやり取りだけで長田さんの顔つきがずいぶん和らいだ。

「もう大丈夫です。コーヒー、いただいていいですか？　ここのコーヒー、一度飲んでみたかったんです」

「コーヒーは駄目です」

真奈が、これもきっぱり首を横に振った。

一瞬驚いた顔をした長田さんが項垂れる。

「体調不良のときに、コーヒーのような刺激物は厳禁です。代わりに白湯《さゆ》をお持ちしますので、カウンターテーブルでお待ちください」

真奈は長田さんに笑顔を向けてそう言うと、バックヤードに入っていった。

「カウンターテーブル……」

長田さんがふらつく足取りでカウンターテーブルへ向かう。

「転ばないように気を付けてくださいね」

茜は慌てて長田さんの肩を支えて、窓際のカウンターテーブルまで連れて行った。

「……ありがとうございます」

長田さんはひどく疲れた顔で大きなため息をついた。前回よりさらに髪が伸びて、身なりにあまり構わない男子中学生のようだ。黒い肌着がワイシャツの背にくっきり透けてしまっている。

先ほど転んだときに付いたのだろう、ワイシャツに綿埃が付いてしまっていた。

茜は意を決して長田さんに言った。

「長田さん、何かお手伝いできることはありますか？」

「え？　お手伝い？」

不思議そうにこちらを見る長田さんに、茜は「このランドリーでは、洗濯相談を無料で承《うけたまわ》っているんです」と、背後の洗濯代行サービスの料金表の一番下を指さしてみせた。

8

大輔は店員の中島茜さんの、どこか強張った顔をじっと見つめた。

その瞬間、雷に打たれたように気付いた。

「も、もしかして、あの水玉のワンピース!!」

悲鳴のような声が出た。

「へっ？　いえ、えっと、そうじゃないんです！　でも、ええっと……」

うわあ、と頭を抱えそうになった。

赤地に白の水玉の、巨大サイズのワンピース。

洗濯代行サービスにお願いするということは、この茜さんも店長の真奈さんも、間違いなくあのワンピースを目にしているということなのだ。

きっと気味が悪いと思われていたに違いない。どうしてそんな当たり前のことに気が回らなかったんだろう。

最近の僕はいつも自分のことでいっぱいいっぱいだった。洗濯代行サービスを利用しておきながら、その作業がこのコインランドリーのバックヤードで行われているという当たり前のことに結びついていなかったのだ。

「ご安心ください、私は洗濯物には一切触っていません。真奈さんだって、お預かりした洗濯物について誰かに喋ったりとかそんなことは絶対にありません。でも、えっと、違うんです。ええっと、私、長田さんのことが心配で、いえ、でも勝手に心配なんかして失礼かもしれないんですが……」

茜さんが顔を真っ赤にして焦っている。

「……聞いてください。あのワンピースには、切実な事情があるんです」

信じてくれるかはわからない。けれどどうにかして誤解を解かないと、もう僕はここに二度と通うことができない。

「切実な事情……ぜひ、お聞かせください」

茜さんは、まっすぐ僕を見てそう言ってくれた。

母は大輔が物心つく前に父と離婚し、女手ひとつでひとり息子の大輔を育て上げてくれた。小さい頃からお金に余裕があったという記憶はまったくないけれど、反対にすごく貧乏だったという記憶もない。

母は、祖父の会社の経営が傾く前までは、姉の基子おばちゃんと二人、伝統あるミッション系女子校に小、中、高と通ったようなお嬢さまだったという。

「大輔、いってらっしゃい。今日も良い一日を」

母は毎朝そう言って、大輔を送り出してくれた。

そんな母のおかげで、大輔は奨学金を借りて無事に大学を卒業することができた。

小さな会社の経理事務として働き始めてすぐに、母が幼い自分のためにどれだけ必死に働いてくれていたのかわかった。

昼は保険会社の営業、夜はスポーツクラブの清掃員として働きづめだった母は、ちょうど大輔が働き始めた頃に、胃腸に難病を抱えて寝たり起きたりの暮らしをするようになってしまった。少しでも親孝行をするためにもずっと一緒に暮らそうと決めたのは、自然なことだった。

そんな母が六十歳を過ぎた頃から急に、すでに亡くなっている基子おばちゃんと電話で話したなどと口にするようになった。

病院で認知症と診断されたときは、さすがにまだ早すぎると大きなショックを受けた。けれど一方で、まさに今こそ親孝行をしなくてはいけないときなんだ、と大輔は気を引き締めた。

最初は、これまで母に任せていた家事をすべて自分がやろうと思った。とてもじゃないけれど時間が足りないと気付いてからは、宅配の弁当を頼んだり、ヨコハマコインランドリーの洗濯代行サービスを使ったりして、家事の負担を減らした。

「しばらくは、いろいろと工夫して、どうにかうまく回っていたんです」

そう、あの日突然、母があんなふうになってしまうまでは。

大輔は下唇を嚙み締めた。

その日は残業で、普段より帰りが遅くなってしまっていた。

夕飯用の宅配弁当を先に食べていて欲しかったけれど、最近の母はイレギュラーな事態をとても嫌がる。きっと母は、マンションの暗い部屋でお腹を空かせて大輔の帰りを待っているに違いなかった。

「ただいま、遅くなってごめんね！」

あれ？ と思った。

いつもの、おかえりなさい、の声が聞こえなかった。

不安な気持ちで奥へ進むと、ダイニングテーブルで母が黙々と弁当を食べていた。

「よかった。母さん、先に食べてくれていたんだね。お腹を空かせているんじゃないかと思って、急いで帰って来たんだよ」

ほっと胸を撫で下ろしかけた瞬間、息が止まった。

「どなたですか？」

母が身を縮めるように怯《おび》えた顔をしてそう言ったのだ。

「母さん、何言ってるの？ 冗談はやめてよ。ああ、僕もお腹減ったなあ」

大輔は、強張った笑顔でテーブルの前に座った。

「あなた、どなたですか？ すぐに出て行ってください。警察を呼びますよ」

再び母が言った。精いっぱい虚勢を張った口調で、大輔を睨《にら》みつけて。

母が大輔にそんな目を向けたことなんて、今まで一度たりともなかった。

冗談ではなかったのだ。大輔はぞくりと背筋が冷たくなった。

「嘘だよね？ 母さん？」

「やめて、近づかないで！ 誰か助けて！」

母が手にしていた割り箸《ばし》を、大輔に向かって投げつけた。割り箸は大輔のワイシャツの胸に当たって、宅配弁当のおかずの酢豚のソースがべっとりと付いた。

大輔は呆然として、母を、次いで汚れたワイシャツを見つめた。

直後に、どうしたらいいのかわからないほどの憤《いきどお》りが湧き上がってくるのを感じた。

「じゃあ、この弁当は、誰の分なんだよ？　僕の分じゃないの？」

机を手のひらで強く叩いて、もうひとつの弁当箱を乱暴に指さした。

お母さんなんて大嫌い。

子供の頃、わざとそんなふうに言って、泣きわめいたときの気持ちを思い出した。

「なんで僕のこと、忘れちゃうんだよ！　母さん、そんなのってないよ！」

認知症の人は、日々不安でいっぱいのはずだ。声を荒らげてはいけない。そう理解していたはずなのに、強い口調は止まらなかった。

「やめて。基子ちゃん、助けに来て！」

基子おばちゃんはいかにもしっかり者のお姉さんという雰囲気の人で、二人は小さい頃から大の仲良し姉妹だった。横浜市役所で定年まで勤め上げて結婚は一度もしなかった基子おばちゃんは、大輔たち母子の生活が苦しいときには金銭的に助けてくれたこともあったという。

そんな基子おばちゃんが、定年退職してすぐに病気で亡くなったショックが、母が認知症になるきっかけだったのかもしれないと思ったこともあった。

「基子おばちゃんは、もう亡くなってるってば」

うんざりしたというようにため息をついてみせた。ああ、僕はなんて意地悪なんだろうと思うけれど、憤りが抑えきれない。

「嘘よ。あなたは私を騙《だま》そうとしているのね」

「ねえ母さん、あなたなんて言わないでよ。僕だよ、大輔だよ」

「母さんなんて呼ばないで。私には子供なんていません！」

その言葉は、刃物のようにぐさりと胸に刺さった。

気がつくと、大輔は鼻水を垂らしながらぼろぼろと泣いていた。

「それ以来、母は僕のことがわからなくなってしまったんです。父と結婚をしたことも、子供を産んだことも、そしてもちろん離婚をしたことも完全に忘れて、子供の頃に戻ったみたいに、ひたすら基子おばちゃん——伯母のことを捜し続けていました」

大輔は深いため息をついた。

「認知症になったことで、気持ちが子供の頃に戻ってしまう人は多いみたいですね。友達のお祖父ちゃんの話で聞いたことがあります」

茜さんが、慎重に言った。

「おそらく、人生でいちばんいい頃に戻ったんだと思います。離婚した僕の父と出会う前の、若くて自由で幸せだった時代に戻ったんじゃないかなって」

お金にだらしなく、さらに浮気癖のある父に、母はさんざん苦しめられたと聞いていた。父と出会ってからの人生は、きっと苦労ばかりで思い出したくもないのだろう。僕のことも、きっと忘れてしまいたいに違いない。

「母は僕のことをすっかり怖がるようになっていました。このままじゃ、入浴に着替え、食事といった簡単な介助をすることもできないので、僕は伯母のふりをすることに決めたんです。僕と伯母は、顔が似てるとよく言われていたので」

「そうだったんですね。だから……」

茜さんが頷いた。

「赤地に水玉模様のあのワンピースは、ネットで買った外国製の安物です。届いたものを見て、びっくりしましたよ。注文したものとはイメージが違いすぎていましたから」

「女性の格好をした長田さんを見て、お母さんは大丈夫でしたか？」

「ええ、メイクも髪も、ネット動画を見ながら、見よう見真似でやったひどいものだったのですが、すぐに『基子ちゃん！』と呼んで喜んでくれました。もう母の世界には、基子おばちゃんしかいないのかもしれません」

基子おばちゃんと勘違いされていても構わない。ただ母さんには心穏やかに暮らして欲しかった。

「それに、後から気付いたんですが、赤地に水玉模様のあのワンピースは、僕と母にとって思い出の服だったんです。何だかわかりますか？」

「ミニーちゃんですね！　ディズニーランドのミニーちゃん！」

しばらく考え込んでいた茜さんが、そう言ってぽんと手を叩いた。

「そのとおりです。小さい頃は年に一度、母と横浜駅のＹＣＡＴ《ワイキャット》から直通バスに乗って、ディズニーランドに行くのが何よりも楽しみでした。今考えれば、あの赤いワンピースを買ってよかったのかもしれません」

その日に目いっぱい遊ぶために母子で節約に励む毎日は、大輔にとって少しも苦ではなかった。

そして若い頃の母が特に好きだったのは、赤地に白い水玉模様のドレスを着たミニーちゃんだった。いつもは女の子らしい仕草なのに、お別れのときになると全身を使ってぴょんぴょん跳ねて、力いっぱい手を振ってくれるミニーちゃんの姿に、母は「なんて可愛いのかしら！」と目を細めていた。

「長田さん、ごめんなさい。そんな事情があったなんてぜんぜん知らなくて。私、てっきり……」

茜さんが言いかけて、慌てて口を閉じた。

「こちらこそ、ほんとうにごめんなさい。急に僕が着てるとしか思えない、ＸＸＬサイズの水玉の赤いワンピースが洗濯物に混じっていたら驚きますよね」

「い、いいえ。驚いたりなんてしませんよ。真奈さんは洗濯のプロフェッショナルですから」

慌ててフォローする茜さんに、大輔はもう一度「ごめんなさい」と言って頭を下げた。

「僕、疲れていたんだと思います」

辛《かろ》うじて、自分のパンツは自宅でまとめて洗濯し、洗濯代行には出さないというくらいは決めて守っていた。だがワンピースのことまでは気が回らなかった。

「白湯、お持ちしました」

いつの間にかそばに立っていた真奈さんが、湯気の立ち上るマグカップをカウンターテーブルに置いた。

「お話は聞かせていただきました。洗濯相談の最中、ということでよろしいでしょうか?」

真奈さんがまっすぐに大輔を見る。

「え? は、はい」

そうだったかな? と思いながらも、真奈さんの言葉に乗せられるように頷く。

「では、長田さんからの洗濯相談を受けてのお話ということで、洗濯代行の洗濯物を見た上でのアドバイスをさせていただきますね。ご了承いただけますでしょうか?」

真奈さんはいつにも増して業務的に喋る。

「はいっ」

大輔は背筋を伸ばした。

「まずは、お仕事と家事で忙しく、時間に追われているような状況でしたら、黒い服はおすすめしません。真っ黒な服はどんな高価な素材でも多かれ少なかれ必ず色落ちが起きるので、いっしょに洗うと洗濯物全体の色がくすんでしまいます」

「色落ち、ですか。黒を選べば、汚れが目立たないと思っていました」

「確かにそのとおりではあります。ですが白以外ならば、グレージュや柄物など、小さなシミや汚れが目立ちにくいものはいくらでもあります。黒を選ばないと決めるだけで、洗濯物の色移りはかなり少なくなります」

「我が家のバスタオルがすぐに黒っぽくなるのも、そのせいだったんですね」

「ええ。それに黒は、スタイリッシュな落ち着きを表す色であると同時に、悲しみや孤独を表す色でもあります。疲れているときや不安なことがあるときは、気持ちが色に引きずられてしまうのであまり身に着けないほうがいいと思います」

——黒は、悲しみや孤独を表す色。

そういえば、最近ネットでまとめて買った秋用インナーはすべて黒だった。

「それと……」

真奈さんが覚悟を決めたように、大輔に向き直って言った。

「現状のままでは、お母さまを長田さんがおひとりで看《み》続けるというのは、難しいかもしれません。ぜひ、地域包括支援センターと連絡を取って、最適な方法を相談してみてください」

「えっ？」

いきなり何を言うんだろう、と大輔は驚いた。

「それぞれのご家庭に事情があることは承知しています。ですが、お母さまの状態は外部からの助けを借りるべき時期に入っていると思います」

「どうしてそう思ったんですか？」

「お母さま、トイレの失敗がありますよね？　おそらくお母さまがご自身で手洗いをされたと思われるスラックスが、濡れたまま毎回何本も入っています。このままでは、お母さまの介護をしながら長田さんがお仕事を続けるのは難しくなります」

大輔は息を呑んだ。

少しも知らなかったことだった。出す前に、ランドリーバッグの中身を確かめてはいなかった。

「長田さん自身の負担を減らすためだと思うと、罪悪感を感じてしまうかもしれません。ですが日中、お母さまが快適に過ごせるように外部からの助けを借りる、というふうに考えてみてください」

真奈さんがまっすぐに大輔を見る。

「母が、ヘルパーさんとのやり取りや、老人ホームでの生活に、うまく適応できる気がしなくて。仕事から帰って来た僕の顔を見ただけで、怖がってしまう状態なんです」

「長田さんのご心配はよくわかります。もしよろしければ、試しに……」

続いた真奈さんの言葉に、大輔は耳を疑った。

9

「ただいま……」

大輔は玄関で怖々《こわごわ》と呟いた。

普段は帰宅したら無言ですぐに自室に飛び込んで、あの赤い水玉ワンピースに着替えてウィッグを被り、口紅を塗ってからリビングに行くようにしていた。疲れて帰って来た身体にはすごく面倒なことだったけれど、「あなたどなた?」と冷たい目を向けられるのに比べたらずっとましだと耐えてきた。

リビングに続くドアの前で立ち止まり、大きく深呼吸をした。

ドア越しに大きなテレビの音が漏《も》れ聞こえてくる。

駄目で元々だと自分に言い聞かせて、勢いよくドアを開く。

「母さん、ただいま」

裏返りそうな声で言った。

「おかえり。机の上にお弁当があるわよ」

ソファに座っていた母が大輔にちらりと目を向けて、すぐにテレビに視線を戻した。

「母さん……」

目の前で起きていることが信じられなかった。

「ずいぶん遅かったのね。もう八時よ。早くご飯を食べちゃいなさい」

「……う、うん。ごめんね。コインランドリーに寄って洗濯物を受け取っていたんだ」

「コインランドリー？　うちにはちゃんと洗濯機があるでしょう？」

母が困惑したように眉を顰《ひそ》める。

「ご、ごめん。今のはいいんだ。忘れて」

母を混乱させたくなくて、大輔は慌てて肩に掛けたランドリーバッグを置きに脱衣所に向かった。

——真奈さんの言ったとおりにしたら、母さん、僕のことを怖がらなかった。

息が止まるくらい胸が高鳴っていた。洗面台の鏡に映る自分の姿を見つめる。

ピンクとブルーのちょうど中間のような、淡いラベンダー色のワイシャツを着た自分の姿が映っていた。

——ピンクのワイシャツを着るようにしてみてください。

——ピンク⁉　む、無理です。

突然の提案に慌てた大輔に、真奈さんは、

──いきなりピンクはハードルが高いようでしたら、ラベンダー、くらいでも構いません。お年寄りや病気の人など、不安を感じている人のそばに寄り添うときは、とにかく優しい色を着るように心がけてみてください。

と説明してくれた。

このラベンダー色のシャツは、あの日帰宅する前に山下公園近くのドン・キホーテで買った、二千円程度の安いものだ。

それまでは、ワイシャツといえば白以外選んだことはなかった。店頭で初めて、メンズのワイシャツにはたくさんの色があることに気付いた。

正直、嫌だった。ピンクはもちろん、ラベンダーだって恥ずかしかった。けれど鏡に映る大輔の青髭の目立つ大きな顔は、ラベンダー色のワイシャツのおかげでここ最近では珍しいくらい穏やかに見えた。

「夕ご飯、早く食べなさい。お茶を淹れたわよ」

母の声に、

「今行くよ」

と笑顔で返す。

なんだ、こんな簡単なことだったんだ、と嬉しくてたまらない。軽い足取りでダイニングテーブルの前に座り、「いただきます」と弁当を食べ始める。

「美味しい?」

母の笑顔に、涙がこぼれそうになった。お年寄り向けの宅配弁当の薄い味が、今日はしみじみ美味しい。

「うん、美味しい」

「よかった。基子ちゃんは、毎日遅くまで働きすぎよ。いくら仕事が楽しいからって、そんなに働きづめだと身体を壊すわよ」

大輔は動きを止めた。しばらくそのまま母をじっと見つめる。

――そうだよな。母さんは、僕が大輔だってわかっているわけじゃないんだ。

「何? 私の顔に何かついているかしら?」

母がきょとんとした顔をした。

母の服の襟元に、ソースの汚れが付いているのに気付く。部屋着の上に羽織《はお》ったベストは、表裏が逆になっている。

母さんが自分でスラックスを手洗いしていたなんて、少しも知らなかった。きっと母さんは、毎回手洗いをしたスラックスを大輔にはわからないように、脱衣所に置いてあったランドリーバッグの汚れた洗濯物の奥に隠していたのだろう。

息子と姉との違いもわからなくなってしまった母が、汚してしまった服を誰にもわからないように手洗いしている姿を想像すると、大輔の胸が刺すように痛んだ。

大輔はゆっくり箸を置いた。

「母さん、僕は基子おばちゃんじゃないよ。大輔だよ」

母さんにちゃんと向き合おう。これからとても辛い思いをすることになるかもしれないけれど。

「大輔？」

母が訝《いぶか》しげな顔をした。

「うん。母さんの息子の大輔だよ」

「私、息子なんていたのかしら？　最近、いろんなことを忘れちゃうもんだから」

母が困ったように笑った。

「年を重ねたら、みんなそんなもんだよ」

大輔が笑うと、母も「そうね、ごめんなさいね」と一緒に笑った。

「そのシャツ、素敵な色ね。どこで買ったの？　私、紫色が大好きなのよ」

母が大輔のシャツに触れて目を細めた。

「知ってるよ。母さん、昔そう言っていたよ。僕が小さい頃、母の日のプレゼントを買うために、母さんに『何色が好き?』って訊いたことがあるんだよ」

母はしばらく遠くを見るような目をしてから、寂しそうに首を横に振った。

僕のことを思い出してくれなくてもいい。けれど元の母さんのままで、怖がらずに僕の話を聞いてくれる今このときが、僕にとって何より大切な時間だ。

大輔はラベンダー色のシャツに目を落とした。

大きな身体が、優しい色に包まれている。

――ぜひ、地域包括支援センターと連絡を取って、最適な方法を相談してみてください。

真奈さんの言葉が耳の奥で甦った。大輔は口元を引き締める。

「母さん、あのね、大事な話があるんだ」

優しい色の服を着ていると、目に映る世界も同じように優しさを帯びて見えることを、大輔は初めて知った。

第5章 ⚓ お湯で洗う

1

ミケーネ運輸の営業所では、駐車場に四トントラックがずらりと並んでいる。

小野寺琴美は、ターミナルから各地域の営業所に荷物を運ぶドライバーだ。

琴美は、ハンドルを握って恐る恐る周囲を見回した。

駐車枠から車体がはみ出して停まっているようなトラックは一台もない。どんなに狭い枠の中でも、まるでトラックのおもちゃを、ひょいと置いたかのように正しい位置に停車している。

――誰もいない。今のうちだ。

サイドミラーにちらちらと目を向けて、小刻みにアクセルペダルとブレーキペダルを踏み替えながら前進とバックを繰り返し、枠に合わせて大きく左右にハンドルを切り返す。

――アタマをこう振って、この角度で……。

「おーい！　何やってんの？」

ふいに聞こえた声に、琴美はびくりと身体を強張らせた。

低く伸びるのにどこかのんびりして聞こえるこの声は、トラックドライバーの先輩のアリサさんだ。

アリサさんは三十代半ばで明るい茶髪の女性だ。トラックドライバー歴は十五年以上になる。身長は琴美と同じくらいだが、がっちりとした体形だ。どんな重い荷物も軽々と運んでいく。

「ダメじゃん！　そのまま行ったら、右後ろぶつかるよ！」

琴美がきちんとブレーキを踏んだのを確認した途端に、アリサさんの口調が鋭くなった。

いきなり怒鳴られて琴美がパニックにならないように、さっきはわざと間延びした口調にしてくれていたのだと気付く。焦ってブレーキとアクセルを踏み間違えたらたいへんだ。

アリサさんが運転席側の窓に駆け寄って来た。

「すみません……」

「いや、私に謝らなくていいから。ってか、なんで、一日車から降りて確認しないの？　この間、私、そうしなって言ったよね？　格好悪いとか思ってるんでしょ？　それ、何の意味もないから。誰も小野寺さんのことなんか見てないし」

「そんなこと、思ってないです……」

蚊《か》の鳴くような声で答える。

「あっそ。じゃあ、それでいいと思ってるってことね？　だったら小野寺さんって、ドライバーに向いてないから、早く辞めた方がいいよ」

言い捨てるようにそう言うと、アリサさんは早足で去って行った。

琴美は運転席で、しばらく呆然と虚空《こくう》を見つめる。

アリサさんの鋭い言葉が胸を刺す。あんなひどい言い方をしなくてもいいのに、と涙ぐみそうになる。けれど同時に、消えたくなるような恥ずかしさにも襲われる。

アリサさんの運転技術、そして取引先への対応の良さは、誰もが認めるところだ。

駐車場と名の付くところならば、どんなに狭小《きょうしょう》でも一度もハンドルを切り返すことなく駐車できる。常に小走りで笑顔を絶やさない。渋滞や天候不良で配達遅延が起きてしまっても、クレームが来たという話を聞いたことがない。

何度もハンドルを切り返し、どうにかこうにかトラックを枠内に停めた琴美は、重いため息をつきながら事務所兼休憩所に向かった。

「おかえりなさい」

休憩用の椅子に腰を下ろすと、年配の女性事務員さんがお茶を淹れて持ってきてくれた。

「ありがとうございます」

琴美は小声でお礼を言った。

何十年もドライバーたちにお茶を淹れているこの事務員さんに、私はどんなふうに見えているんだろう。

居心地が悪いまま、お茶を啜《すす》りながらスマホを見る。

SNSにいくつかダイレクトメッセージが届いていた。

《はじめまして！　すごく可愛いですね！　もし良かっ――》

手あたり次第にいろんな女の子に同じ文面を送っているであろう、ナンパ目的のメッセージを中身も見ずに削除する。

《昨日のメイク、とっても可愛かったです。琴美ちゃんは私の憧れの人です！》

わざわざ個別のメッセージを送らなくても、投稿にコメントをくれればいいのに。

こういう、一見好意的だけれど「？」と思うようなメッセージを送ってくる人は要注意だ。ハートマークを送るだけのそっけない返信をする。

そうしてたくさんのメッセージに手早く返信をしていると、最後の一通になった。

《ごめん！　やっぱり、食事は真奈さんと茜さんとみんなで行こう！　当然、僕がご馳走《ちそう》するんで、今度お二人とお店を相談してみてください。聘珍楼《へいちんろう》でも、クイーン・アリスでも、行きたいところを言ってもらってＯＫだよ》

黒い靄《もや》のようなものが胸いっぱいに立ち込める。

――断られた？　嘘でしょ⁉

行きつけのコインランドリーで出会った〝オジサン〟、大塚からのものだ。琴美のインスタグラムのストーリーをこっそり見ていると気付き、メッセージを送って食事に行く約束を取り付けたのだ。

――この〝オジサン〟、いったい何なの？　二人で食事に行く約束をしたときは、あんなに喜んでいたくせに。

大塚は、バツイチ独身のエリートサラリーマンだ。言葉の端々から、これまでの人生で琴美がさんざん出会ってきた、見栄っ張りな小金持ちっぽい雰囲気を感じた。

大塚とのメッセージのやり取りは、秘密の暗い匂いがした。

あの明るくて清潔で、いい匂いのするコインランドリーで、真奈さんや茜さんと楽しそうに喋っている常連の大塚。それがどこか後ろめたそうに琴美とメッセージのやり取りをしている姿を思い浮かべると、面白かった。

現実の世界はあのコインランドリーみたいに、清潔で綺麗じゃない。あんなの偽物《にせもの》だ。ネットの世界、裏の世界、本音の世界では、みんなこうして黒い心で暮らしている。

真奈の洗い立ての洗濯物のような、汚《け》れ《が》も屈託もない笑顔を思い出して、琴美の胸の中ではそんな言葉が渦巻いた。

なのにこのメッセージでは、大塚はすっかり元の自分を取り戻してしまっていた。

やっぱり俺は、現実に戻るよ。だって現実には大事な人も素敵な場所もあって、幸せだからね。

そんなふうに得意げに言われたような気がした。

SNSで知り合った女の子の中には、SNSに投稿するための新しい服やアクセサリー、化粧品を買うためのお小遣いを貰う、いわゆる〝パパ活〟をしている子もいた。

――もしかして私のこと、あんな子たちの仲間だと思って警戒したの？

ふとそう思ったら、恥ずかしさにかっと顔が熱くなるのを感じた。

――馬鹿にしないでよ。私、お金に困ってなんかいないんだから。

琴美は裕福な家に生まれた。両親からは家族用のクレジットカードを持たされて、自由に使っていいと言われていた。たとえ勝手に高価なブランドものを買ったとしても、咎《とが》められることもなければ気付かれることさえない。

湘南《しょうなん》、横浜エリアのとんでもないお嬢さまばかりが集《つど》っていたマリア女子大の中でも、琴美は金銭的に相当恵まれていたほうだった。

なのに、琴美の心は少しも満たされていなかった。

横浜で知らない人はいない一族経営の大企業、小野寺海運のひとり娘に生まれた琴美の母は、小野寺海運の社員で祖父に気に入られて婿入《むこい》りした父のことを、常に下に見ていた。

母は一切の家事をせず、似た境遇のお金持ちの奥さまたちと、趣味の観劇や食事、旅行へ出掛けてほとんど家にいなかった。父は仕事が忙しく、こちらもほとんど家に帰ってこない。

家のことはすべてお手伝いさんがやってくれたが、そのお手伝いさんも、母の機嫌ひとつですぐに別の人に替わった。

マリア女子大時代のある日、軽い気持ちでインスタグラムを始めてみたら、見ず知らずの人たちに「カワイイ！」と絶賛され、みるみるうちにフォロワーが増えていった。

そんなふうに注目してもらえたのは人生で初めてだった。

自分でも危《あや》うさを感じるほどのめり込み、とにかくみんなに喜んでもらえることを発信することに躍起になった。

「ねえ、小野寺さん、忙しそうなところごめんね」

はっとして、琴美はスマホの画面を伏せる。

アリサさんが琴美の目の前の椅子に、勢いよく腰を下ろした。すかさず事務員さんがお茶を運んでくる。

「いつも美味しいお茶、ありがとうございます。今日の国道の事故渋滞、ほんとうにヤバかったみたいですね。早めに教えてもらえたんで、裏道に抜けられて助かりました」

「あら、ほんとう？　よかった」

アリサさんは事務員さんと二言、三言お喋りしてから、改めて真面目な顔で琴美に向き合った。

「さっきの車庫入れのことだけどさ」

アリサさんに、大塚のメッセージを見られてしまっただろうか。そのことばかりが気になる。

あの文面から〝パパ活〟のようなことをしていると思われてしまうことはあるだろう

か。

「練習、ちゃんとしといたほうがいいんじゃない？　まだ、車が身体の一部になってないでしょ？　年末になると、道も混むからさ。ねえ、聞いてる？　スマホ気になる？」

「え？　あ、はい。聞いています」

琴美は、はっとした。

「練習、どうする？」

「え？　あ、やります。また、自主練しておきます。ごめんなさい」

「別に、私に謝らなくていいんだけどね……」

アリサさんは琴美とスマホを交互に見て少し口ごもってから、

「ま、いいや。じゃあ頑張ってね」

と冷たい声で言うと、そのまま事務所兼休憩所を出て行った。

2

朝起きた瞬間から、暗い雲が垂れ込めるように嫌な気分が胸に広がる。

今日もきっと〝アイツ〟が、いつものように楽しそうな投稿をしているのだろう。

最初は、同じ横浜の日常を発信しているアカウントなので気軽な気持ちでフォローした。コーヒーが飲めるお洒落なコインランドリーの紹介をしたときには、こっそり店を見に行ったりもした。

スマホの向こうに広がる華やかな世界に、少しでも近づきたいと思った。

けれど次第に、胸の中がもやもやするようになった。

お嬢さま大学なんて呼ばれている女子大を出て、高価な食事や化粧品、ブランドものに囲まれて、みんなにちやほやされて暮らしている〝アイツ〟。

SNSを始めたばかりの頃の、内輪《うちわ》の友人同士で交わされた投稿を辿れば、個人情報はかなり詳しいところまで調べることができた。

トラックドライバーの仕事をしていると知ったときは、意外で驚いた。

けれど、仕事はろくにできないようでいつも先輩に叱られてばかりだ。どうせ〝インスタ映《ば》え〟を狙《ねら》って、近々〝トラック女子〟なんて名乗るつもりなのだろうと思うと、より憤りが増した。

〝アイツ〟のことを知れば知るほど、息が苦しくなる。

こっちは経済的に困窮《こんきゅう》した家に生まれて、アルバイトをいくつも掛け持ちしながら定時制高校に通った。高校卒業と同時に親から家を出て行くように言われてからは、〝日雇い労働者の街〟と呼ばれる寿町《ことぶきちょう》のボロアパートで独り暮らしをしている。

高校の成績は悪く、まともな就職先は決まらなかった。ネットで登録した、業者が仲介するイベント設営や工場でのピッキングなどの単発バイトを繰り返す暮らしだ。

この世には、もっと辛くて苦しい生活をしている人がいるのは知っていた。自分が世界で一番不幸なわけではないと、わかっているつもりだった。

けれど時々、こんなはずじゃなかったという気持ちがふつふつと湧いてくる。

すると自分の人生が、あまりに惨《みじ》めに思えた。

今も昔も、何の輝きもないこの人生。

この人生と、〝アイツ〟の輝かしい人生とが交《まじ》わることは決してない。けれど、知ってしまった以上、〝アイツ〟を許せない。このままにはしておけない……絶対に――。

スマホを握り締め、奥歯を噛み締めた。

3

「あーあ。もうやだー」

マンションの部屋に帰宅した琴美は、部屋の隅《すみ》に積み上げられた服の山の上に雑に座り込んだ。服の山が崩れる。それを乱暴に脇にどかす。

ここに置いた服は、数回着ただけでもう着るつもりがないものばかりだ。プリーツやビジュー、フリンジ、刺繍などの加工があるものは洗い方がわからないし、試しに買ってみた高級ブランドのロゴ入りウールニットなどは、クリーニングに出すのに一枚数千円もかかると知って、ぞっとして店の受付で断ってしまった。

今の時代は、ネットでいくらでも安い服が手に入る。着替えには困らない。

もしミケーネ運輸の制服のポロシャツを自分で洗濯しなくてはいけない事情がなかったら、琴美は今ほどの頻度《ひんど》でヨコハマコインランドリーに行くなんてことはなかったに違いない。

片手でスマホをいじりながら、コンビニで買ってきた唐揚げを指で摘まんで、それからカスタードたい焼きを食べた。これが夕食だ。

「……配信、やろっかな」

ぽつりと呟いた。

重い身体を起こして、ローテーブルに設置した〝スタジオ〟に向かう。そこのスタンドにスマホを置いて撮影すれば、背景は壁だけになり、この雑然とした部屋の中は映らない。

急いでメイクを直した。
首や耳にまで濃いファンデーションを塗りたくり、鼻筋を目立たせるために舞台メイクみたいに思い切ったノーズシャドウを入れる。コンプレックスのある小鼻の膨らみを隠すため、丸い撮影用ライトを絶妙に右寄りに動かす。
「こんばんは！　今日は予告なしで急遽《きゅうきょ》、インスタライブをさせていただきます。ほんの一瞬だけ。ちょっとだけです」
琴美が現れると、コメント欄《らん》は大騒ぎだ。
《琴美ちゃん!!》
《嘘！　嬉しい！　こんばんは！》
《こんばんは。今日は部屋着かな？　似合っていますね》
《今日も可愛い！》
好意的なメッセージが乱れ飛ぶのを見ながら、琴美は、
「わあ、みなさん、ありがとうございます！」
と、はしゃいだ声を上げた。
「最近は、暑さも少し和らいできましたねー。みなさんは、どんなふうにお過ごしでしたか？」

外見からは想像できない、自分の丁寧な言葉遣いが、ネットの世界で面白がられているのを知っていた。

けれど、これはいったい誰が求めている姿なんだろう、と不思議な気持ちになる。

「一日じゅう、お仕事だったという方。お疲れさまでした」

しばらくネット上で視聴者からのコメントや質問に答えていると、ふいに部屋のインターホンが二度鳴った。

「あれ?」

一瞬だけ動揺してしまったけれど、すぐに立て直す。

「ごめんなさい! この時間に家具が届く予定だったの忘れていました! 今日はここまでで失礼しますね」

慌てて配信を切った。

唐突な終わり方だったはずだが、画面には、《急いで! 急いで!》《またねー》《おやすみ》など少しも気にしていない様子のコメントが並ぶ。

配信中にインターホンが鳴らされたときには、訪問者に本名の名字を呼ばれて身元がバレてしまうことを防ぐために、こうしていきなり配信を切る人はよくいる。

琴美は配信が切れていることをもう一度確認してから、1Kのマンションの玄関に向かった。

オートロック式のマンションだ。戸数が多いので、宅配の荷物は特に指定しなければ基本的にエントランスにある宅配ボックスに入れられる。

都心にあるようなコンシェルジュが常駐していてセキュリティが万全な超高級タワマンではないので、住民がオートロックを開錠《かいじょう》した際に、何食わぬ顔でマンション内に忍び込むことはできなくもない。しかしこれまでに、エントランスのインターホンからの連絡なしで、直接この部屋のインターホンが鳴らされたことは一度もない。

琴美はモニターを見る。

しかし、ドア前には誰もいない。

きっと誰かが、間違えてインターホンを押してしまったのだろう。少々不安が残りながらも、そう自分に言い聞かせてモニターから離れようとしたそのとき、再びインターホンが鳴った。

——!?

そんな。今さっき見たときには誰もいなかったのに。

もう一度モニターを確かめようとして、ぞっとした。誰かがドア前のカメラに映らないように身を隠しながら、再びインターホンを押していた。

誰が、いったい、何のためにそんなことを……。

はっとして、手に握り締めたスマホを見る。

——警察に電話する?

いや、そんなの無理だ。インターホンが鳴ったのにモニターに誰も映らなかったというだけで、警察を呼べるわけがない。

怖い、誰か助けて、と言いたかった。

けれどマリア女子大時代の友人、ネット上だけで繋がるインフルエンサー仲間、思い付く誰も、この部屋には決して入れたくなかった。

しばらくそこで凍り付いていたが、インターホンが鳴ったのはそれきりだった。

いつでも通報できるようにとスマホを握り直したら、なぜかいつもの癖でSNSを開いてしまった。

メッセージが届いていた。一分前だ。

《………》

例の鎌を持ったガイコツのアイコンが、無言のコメントを送ってきていた。

「もう、こんなときに何なのこいつ」

思わず口に出す。

　このところしょっちゅう琴美の投稿に、同じ無言のコメントを付けてくる人物だ。メッセージを送って来たのは初めてだったので、すぐにブロックすると決める。

　これまでにもこんなことは何度もあったけれど、いちいち反応をせずに淡々とブロックすると、すぐに諦めて別のターゲットに向かった。

　と、操作中にまたメッセージが来てしまった。

「ほんとに、うるさいなあ……えっ⁉」

　続けてガイコツから送られてきたのは、琴美の部屋の玄関ドアの写真だった。

4

「真奈さん、ごめんなさい！　俺、やらかしました！　ほんとうにごめんなさい！」

　夕暮れのヨコハマコインランドリーの入口で、大塚が勢いよく頭を下げた。

「大塚さん、どうしました？　大塚さんにそんなふうに謝られるようなことって、何もないと思うのですが」

　私たちって、そこまで距離、近くないですよね？

　そんな少々クールすぎるニュアンスを含んだ口調で、受付カウンターにいた真奈が冷静に応じた。

「琴美ちゃんのことです」

大塚と琴美ちゃんはインスタグラムでメッセージのやり取りをして、一緒に食事に行く約束になっていたらしい。

決まりの悪い顔で告白した大塚に、茜は思わず「大塚さんって、やっぱり最低ですね」と冷たい目を向けた。

「いや、だから、途中でおかしいなって思って……」

「最初からおかしいと思うべきです」

「だって、食事くらいならいいかなって思うじゃん……」

「琴美ちゃんみたいに若くて可愛い女の子が、何の下心もなしに、大塚さんと食事に行きたいと思います？」

「し、下心？」

大塚がぎょっとした顔をした。

「やっぱり茜ちゃんも、琴美ちゃんって、俺に怪しい絵とか壺《つぼ》を高額で買わせようとしてると思う？　それか何かの勧誘か……」

「え、えっと、それは私が想像していたのとはちょっと違う気がしますが、それも確かに可能性がなくはないですけど」

茜は胸の内に浮かんだ〝パパ活〟なんて嫌な言葉を、慌てて押し込めた。

〝パパ活〟とは、若くて可愛い女の子が、お金持ちの〝オジサン〟と〝デート〟をして〝お小遣い〟を貰うこと——。

様々な犯罪の温床となっているのに、語感の良さや軽さも相まって世の中に広まってしまっている。

——仕事のできる人の作業服って、ぜんぜん汚れないものなんですよ。

いい話を教えてもらって、きっと悪い子じゃないと思っていたはずなのに。

今、琴美ちゃんのことをずいぶん意地悪に見てしまっている自分に気付き、茜は密かにため息をついた。

「真奈さんって、学生時代の琴美ちゃんに会っているんですよね？　どんな子でしたか？」

真奈と琴美ちゃんは、琴美の祖父が入所していた介護施設で出会っていた。

「初めて出会ったときの琴美さんは……」

真奈が視線を遠くに向けた。

「うんと大きなバーキンを持っていました」

「へっ？　バーキン？」

　まさかの言葉に、茜は思わず訊き返した。

「スタッフの間でちょっとした騒ぎになったんです。私も雑誌やテレビで見たことはありましたが、実物を見たのは初めてでした。ずっしり大きくて革が艶々に光っていて、うっとりするほど素敵なバッグでした。目の保養になりました」

　バーキンといえば、言わずと知れたエルメスの超高級バッグだ。箱形の革製で、クロコダイルやリザードスキン、オーストリッチなんて珍しい素材になると高級外車が買える値段にもなると聞いたことがあった。

　いくらお嬢さまといっても、さすがに大学生が持つバッグではない。それも介護施設へのお見舞いの場にだ。バッグばかりが悪目立ちしてしまったに違いない。

「琴美さんは頻繁《ひんぱん》にお祖父さまのお見舞いに顔を出す、心優しいお孫さんでした。けれどスタッフの中には、琴美さんがバーキンを持っているというだけで嫌な顔をしたり、ひそひそ陰口を言う人もいました」

「陰口は良くないですが、ちょっと驚いてしまうのはわかる気がします。だってバーキンですもんね……」

　茜だって、ブランドものに一切興味がないというわけではない。ＳＮＳでハイブランドのバッグやアクセサリーをお披露目《ひろめ》している人を見ると、単純に、いいなあ、素敵だなあ、なんて羨ましく思う。

けれどもその羨ましいという気持ちは、「いつか私もこんな素敵なものが欲しいな」という前向きなものだけではもちろんない。なんだか胸がざわつくような、自分がちっぽけになったような、そんな気にさせる危険なものにもなる。

「ブランドものって、とても難しいですよね。素材もデザインも作りも最高の、宝物のような存在のはずなのに、周囲の人をしょんぼりさせてしまうこともあるんですから」

真奈の言葉に、茜ははっとした。

「私はおそらく一生、何百万もするブランドバッグとは縁がなさそうです」

茜はそう言って肩を竦めた。

「真奈さんが言っていること、わかるよ。超一流のお金持ちは、ブランド品にこだわらずに上質なものを身に着けることで、決して他人を不快にさせないって言うよね」

大塚がコーヒーを飲みながら頷いた。

「大塚さんの〝超一流のお金持ち〟って言い方、なんだか面白いですね。いったい、どんな人のことでしょう」

「確かに、国籍も性別も年齢も、一切思い浮かばないですね」

茜と真奈は顔を見合わせて笑った。

自動ドアが開く。

「いらっしゃいませ。あっ……」

茜が入口に目を向けると、オフホワイトのウールのニットにショートパンツ、キャップを目深《まぶか》に被った琴美ちゃんが、ぎくりとした様子で足を止めていた。

5

うわっ、最悪だ。

店内に大塚の姿を見つけた琴美は、思わず顔を顰《しか》めそうになった。

「あ、琴美ちゃん」

大塚が明らかに気まずそうな顔をしてから、

「この間はごめんね。やっぱり琴美ちゃんみたいな若い子は、こんなオジサンと二人で食事するのなんて嫌だよなーって気付いてさ。茜ちゃんに怒られちゃったよ。もし良かったら、今度みんなで美味しいもの食べに行かない？」

とみんなを見回した。

真奈さんがフォローするように、

「琴美さん、せっかくの大塚さんのお誘いなので、行きませんか？　私も琴美さんとゆっくりお話ししたいですし」

と言う。

茜さんも「そうですよ、ぜひ！」と慌てた様子で頷く。

「茜ちゃんが彼氏とのデートで行った、谷戸坂のリストランテ・タカオカがいちばんいいかな、って思うんだけれど、どうかな？　どうせなら彼氏の充くんも誘おうか？」

「彼氏じゃありません！　充先生に失礼です」

茜さんが大塚を睨んだ。

「充先生は、私が尊敬しているアイロンがけの先生なんです。そうやってすぐに恋愛に絡《から》めてからかったりするのって、すごく〝オジサン〟ぽいからやめたほうがいいですよ」

「オ、オジサン……」

茜さんと大塚のいかにも仲の良さそうなやり取りに、琴美は重いため息をついた。

「私はいいです」

琴美は、真奈さんと茜さんの顔を見ないようにして断った。

もしも大塚に会ったら嫌だなあと思いながらも、洗濯物が溜まっていたのでこのコインランドリーに来てしまった。やっぱりやめておけばよかった。

すぐにネットで安い洗濯乾燥機を買って、二度とここに来るのはやめよう。

「なんで？　琴美ちゃんも行こうよ。もちろん俺が全員分ご馳走するよ。好きな物、何でも頼んでいいからさ」

勘違い男の典型みたいな〝オジサン〟なのに、真奈さんや茜さんに心底嫌われているわけではない大塚に、苛立ちを感じる。

「……そんなの当たり前でしょ」

思わず心の中の声が出てしまった。

「えっ？」

大塚が目を丸くしている。

――マズい。

「ごめんなさい、帰ります」

琴美は早足で店を出た。

「琴美さん、待ってください」

真奈さんの心配そうな声が背後から聞こえる。その優しい声に、うっ、と息が詰まる。

胸が苦しくなる。

──もう、ぜんぶ嫌だ。

あれからネットでの嫌がらせは、どんどんひどくなっていた。

何度ブロックしても、また同じガイコツのアイコンのアカウントが新しく作られて《…………》と無言のコメントを入れてくる。

不穏なコメントは、真っ白なシーツに付いた一点の染みのようだ。好意的なコメントで応援をしてくれる人はたくさんいるのに、目にしたくないものだけが気になって、そのせいですべてが台無しになってしまう。

さらに数日前に送られてきたメッセージは、ミケーネ運輸の制服を着て働く琴美を隠し撮りした写真だった。

ほんとうは怖くて仕方がなかった。

できるなら、ヨコハマコインランドリーの常連さんたちのように、洗濯が終わるのを待つ間、カウンターテーブルでコーヒーを飲みながら、真奈さんや茜さんに、不安でたまらないこの気持ちを打ち明けたかった。

でも、私はいつもたったそれだけのことがうまくできない。優しそうな人たち、素敵な人たちと一緒に過ごせたらどれだけいいかと思っているのに。

いざその人たちと関わろうとすると、嫌われたらどうしようと焦って、臆病になって、自分を良く見せようと逆に虚勢を張ってしまう。

「琴美さん！」

琴美は真奈さんの声を振り払うように急ぎ足で進んだ。

しばらく歩くと、すぐ背後で足音が聞こえた。

真奈さん？

追いかけてきてくれたのかもしれない。

そう思って琴美は振り返った。

「えっ？　誰⁉」

一瞬で血の気が引く。

見も知らぬ人が、すぐ近くでこちらにスマホを向けていた。

そいつは黒いパーカのフードを被り、大きな黒いマスクをしていた。その瞬間、ガイコツのアイコンが脳裏に浮かぶ。

――これがあのガイコツ？

琴美は身の危険を感じて咄嗟に飛び退《の》こうとしたが、その拍子《ひょうし》に転んでしまった。

慌てて手をついたら、昨夜の雨で濡れたアスファルトの泥水が、琴美のオフホワイトのニットにびしゃりと跳ねた。

その間も、ガイコツの持つスマホのカメラが、じっとこちらを向いていた。

——撮影されている。

この動画は、琴美が取り乱した様子として、面白可笑しくネットに拡散されるのかもしれない。琴美は今いる世界がぐにゃりと歪んでしまうような恐怖を感じた。

「やめて！　誰か助けて！」

両手で顔を覆《おお》って叫ぶ。

そのとき、車の音がした。すぐ目の前に、車体に《クリーニング高岡》と書かれたハイエースが停まる。

「どうかしましたか？　何があったんですか？」

中から飛び出してきた小柄な男の人がとても丁寧な言葉で、けれど太く鋭い声で言った。

今度はガイコツが身を強張らせて怯《ひる》んだのがわかった。

逃げ出そうと走り出した瞬間、その男の人が「ちょ、ちょっと待って」とガイコツの腕を摑んだ。

「離してよっ！」

ガイコツが力いっぱいその手を振り払った。その勢いで、フードが脱げて茶色のボブへアが覗く。

ガイコツは、色白で華奢な女の子だった。

6

車で送ってきてくれた充から事情を聞いた茜は、バックヤードを慌てて片付けると、琴美ちゃんと黒マスクの女の子を招き入れた。

「俺はカウンターテーブルで仕事しながら店番をしておくね。用事がありそうなお客さんが来たら声を掛けるから、こっちのことは任せて。それに、何かあったら声を掛けて。すぐ駆けつけるから」

そう言ってくれた大塚に店内のことは頼んで、四人で向き合った。

「はじめまして。私はこのコインランドリーの店長の新井真奈といいます」

真奈が名乗っても、黒マスクの女の子は黙っている。

年齢は琴美ちゃんよりも若い。真っ白な肌に折れてしまいそうに細い身体。メイクはほとんどしておらず眉も半分くらいしかないのに、派手なグレーっぽいカラーコンタクトをつけていた。

何もかもがちぐはぐな子だ。きっとまだ十代だろう。

なのに、心ここにあらずというような目には、若者らしい溌溂とした輝きはない。

「……ねえ、あなた、アキちゃんだよね？」

琴美ちゃんが、恐る恐るという様子で言った。

「お知り合いでしたか？」

真奈が訊くと、琴美ちゃんは頷き、アキちゃんと呼ばれた黒マスクの女の子は激しく首を横に振った。

「インスタのコメント欄で、何度かメイク動画の感想をくれたの覚えてるよ。同じ横浜で暮らす高校生って知って、アキちゃんの投稿も見に行ったから」

琴美ちゃんが泣き出しそうな顔で言った。

「高校生？　一年以上も前のことなんて覚えてないよ」

アキちゃんはつまらなそうに言った。

「アキさんは、いったい何をされていたんですか？」

真奈が遠慮なく訊くと、アキちゃんは顔を逸らして黙り込む。

「まさかアキちゃんが、ガイコツのアイコンのストーカーだったなんて……。なんで私のマンションに来たり、跡をつけたりするの？」

――ええっ！　この子がストーカー？

琴美の言葉に、茜は恐る恐るアキちゃんに目を向けた。全身黒ずくめで摑みどころのない雰囲気ではあるけれど、至って普通の女の子にしか見えない。

――あっ！

その黒ずくめの服装に目を留めていた茜は、ヨコハマコインランドリーで以前、彼女を見かけたことがあったことを思い出した。琴美ちゃんの〝フォロワー〟が、店内で撮影を始めてしまったときのことだ。

琴美ちゃんの投稿に、《………》とわざわざ無言のコメントをしていた大きな鎌を持った骸骨のアイコン。

あの人物がこのアキちゃんで、琴美ちゃんのマンションの部屋まで突き止めていて、さらに跡をつけて盗撮までしようとしていたなんて。

「……アンタの動画を見ると、すごく苦しくなるんだよね」

アキちゃんの言葉に琴美ちゃんが息を呑んだ。

「アンタなんか大嫌い！」

こんなふうに剝き出しの悪意を直接ぶつけられるなんて、よほどショックに違いない。

琴美ちゃんの顔からみるみるうちに血の気が引いていく。

「私はこんなに若くて可愛くてお金持ちで、欲しいものは何でも手に入るのよ、っていつも自慢ばかりしてさ」

「アキちゃん、あのね……」

ふいに琴美ちゃんが口を開いた。

「私が欲しいものが何でも手に入るなんて、そんなわけないよ。SNSの私は、とにかくみんなに注目されて、みんなに自分のことを良く見てもらいたいって、それだけを考えているだけなんだよ。でも……」

琴美ちゃんが、涙を堪えた。

「どれだけ必死でそんなことをしたって、誰もほんとうに私のことを好きになんてなってくれないよね」

ふいにアキちゃんの眉間に皺が寄ったかと思うと涙が浮かんだ。

琴美ちゃんとアキちゃんが何も言わずにすすり泣く声が、バックヤードに響いた。

しばらくしてから、真奈が優しく言った。

「お二人に、とっておきの美味しいお菓子があります」

アキちゃんが、はっと我に返った顔になる。

「鎌倉《かまくら》銘菓、クルミッ子の〝切り落とし〟です。ハンマーヘッドの店舗で、整理券を手に並んで購入したレアな一品です。さあどうぞ」

真奈が、素早く厚手の紙ナプキンをみんなの前に置いた。

「クルミッ子……？」

可愛らしいその名前を、アキちゃんが不思議そうな顔で繰り返した。

クルミッ子は、ここ横浜から横須賀《よこすか》線で二十五分ほどの、古都鎌倉で大人気の、鎌倉紅《かまくらべに》谷《や》のお菓子だ。

横浜みなとみらいの複合施設横浜ハンマーヘッド内にある〝ファクトリー〟と呼ばれている店舗には、お洒落なカフェスペースがあり、休日にはオリジナルのクルミッ子が作れるワークショップが開かれたりして、いつでも大混雑だ。

「作業台の上なので、みなさん、かけらを落とさないように食べてくださいね。もちろんあとで念入りに掃除しますが――」

真奈が、ひとりひとりの前に大きさも形もバラバラなお菓子を置いていく。

「真奈さん、〝切り落とし〟、よく手に入りましたね」

茜は細長い形のクルミッ子を、しげしげと眺めた。

「美味しいものを買うために並ぶのは、少しも苦にならないんです。ただでさえ美味しいものが、並んだ時間の分だけ、さらにもっと美味しく感じられるようになりますから」

真奈が澄ました顔で言った。

クルミッ子は、クッキー生地でクルミのたっぷり入ったキャラメルを挟んだお菓子だ。普通の商品は、可愛いリスのイラストが描かれたパッケージで包装されていて、少し大きめの消しゴムを二、三個重ねたくらいの大きさだ。しかしこの〝切り落とし〟はその名のとおり、製造過程で余分なものとして切り落とされたもので、大きさも形もさまざまだ。お買い得なだけではなく、クッキーの生地部分が多めだったり、少し固くなった端っこが混ざっていたりと、切り落としならではの味わいがあると聞いていた。根強いファンのいる大人気商品で、〝ファクトリー〟では開店前に整理券を配って販売している。

茜も、もちろんその存在は知っていたが、実際に食べるのは初めてだ。

「アキさんと琴美さんには、特に大きめのものを選びました。さあどうぞ召し上がれ。茜さんも」

真奈に促《うなが》されて、茜は紙ナプキンの上に載ったクルミッ子の切り落としを口に運んだ。

バターたっぷりのサクサクしたクッキー生地の食感に、驚くほど香ばしいキャラメルの味が口の中に広がる。そして、ぎっしり詰まったクルミのほろ苦さも絶妙だ。

頭の中に、じわじわと糖分が行き渡るのがわかる。

緊張していた心が、「ああ美味しい」という素直な感動で満たされていく。胸の中のもやもやしたものがすっと晴れるような、頰が緩んでしまうお菓子だ。

「コーヒー、お待たせしました」

真奈がみんなにコーヒーを渡す。

目が眩《くら》むように甘い、けれど少しもしつこくない味のクルミッ子と、苦いコーヒーはうっとりするほどよく合う。

琴美ちゃんとアキちゃんは、大きな切り落としをリスみたいに両手で持って、黙々と食べていた。

二人とも頰を紅くして、丸く開いた目でじっと手元を見つめている。かけらをこぼさないように注意しているのと、美味しすぎて言葉が出ないのと、その両方のせいだろう。

「クルミッ子って、実はうんと昔からあったお菓子なんですよ。昔のクルミッ子は、源《みなもとの》頼朝《よりとも》の絵の厳めしい包装紙に包まれた、いかにも格式の高い〝お土産〟って雰囲気だったそうです。それを十五年ほど前に可愛いリスのパッケージに変えた途端、若い人を中心に大人気の商品になったと新聞で読みました」

「……やっぱり見た目ってこと？」

真奈の説明に、アキちゃんが落胆したような声で言った。アキちゃんの胸に、琴美ちゃんがSNSで紹介する派手で煌びやかな世界が浮かんでいるとわかる。

「いいえ、私はそうは思いません」

真奈が真面目な顔で言い切った。

「クルミッ子の〝切り落とし〟が大人気なのは、安くてお得だから、手に入りにくいからと、いろんな理由があると思うんです。ですが、いちばんの理由は、『包装紙なんてなくても、どんな形でも、ものすごく美味しい』からだと思います。切り落としでもクルミッ子はものすごく美味しかったですよね？」

アキちゃんが何もなくなった紙ナプキンを見て、悔しそうにこくりと頷く。

「注目されたきっかけは、包装紙の変更だったかもしれません。ですがクルミッ子には、元々この味があったからこその、今の大人気なんだと思います」

琴美ちゃんが、はっとしたように真奈を見つめた。

「どんな形でも、ものすごく美味しい……」

アキちゃんが、ぼんやりした顔で、ゆっくりと真奈の言葉を繰り返した。

しばらくしてから、真奈が優しく言った。

「アキさん、もう二度と、琴美さんを怖がらせるようなことをしないと約束していただけますか？」

アキちゃんは静かに頷いた。そしてしばらく床を見つめてから、

「……ごめんなさい」

と琴美に向かって頭を下げた。

「ありがとうございます。それでは、今日はお土産に残りの〝切り落とし〟をすべて差し上げます。貴重なものなので、お家《うち》で少しずつゆっくり楽しんでくださいね。それと……」

真奈がにっこり笑って、アキちゃんに言った。

「また何かもやもやすることがあったら、ぜひこのコインランドリーに、今度は洗濯をしにいらしてください。いつでもお待ちしています」

「もやもやしたら、洗濯に?」

アキちゃんが訊いた。

「何か悩んでいるときに洗濯することで、困っていることの答えが見つかるかもしれませんよ」

泣いたあとだからか、頷くアキちゃんの顔は少しすっきりとして見えた。

7

アキちゃんは、真奈さんと茜さんに、そして琴美にもぺこりと頭を下げて、ヨコハマコインランドリーから出て行った。

「ひとまずよかった。それじゃあ俺は洗濯も終わったし、そろそろ……」

「大塚さん、ほんとうにありがとうございました。とても助かりました」

真奈さんが、表まで大塚を見送りに行って戻ってきた。

「アキさん、きっと反省してくれたと思います。ちゃんと琴美さんの目を見て、『ごめんなさい』と言ってくれましたから」

真奈さんが、琴美に優しく言った。

「……ほんとうにありがとうございました」

琴美は、ほっと大きく息を吐いた。なんだか呆然としてしまっていた。

見た目の包装紙が変わったことがきっかけで注目されたけれど、元々その美味しさに定評があったからこそ大人気になった、クルミッ子。

真奈の発言は、アキちゃんの胸に響いたのと同じように、琴美の胸にもぐさりと刺さるものだった。

まさか自分の投稿が誰かを傷つけてしまっていたなんて。SNSで注目されるにつれ、上辺だけ取り繕って、ほんとうの自分は迷子になってしまっていたかもしれない。

「琴美さん、何かお手伝いできることはありますか？　……いいえ、どうかお手伝いをさせてください」

お客さんのいない店内を見回して、真奈さんが意を決したように言った。そんな真奈さんを、茜さんが珍しそうに見ている。

「お手伝い……ですか？」

「このコインランドリーでは、無料で洗濯相談を受け付けています」

真奈さんが受付カウンターの横のパネルに掲げられた、洗濯代行サービスの料金表を示した。

料金表の最後に、《洗濯相談　０円》と書いてある。

「そのニット、洗ってみませんか？」

琴美は自分の服を見下ろして初めて、ニットのところどころに点々と泥の跡が付いていることに気付いた。スマホを向けてきたアキちゃんに驚いて、道路で転んでしまったときのものだ。

「このニットって洗えるんですか？」

太い毛糸で編まれたウール素材だ。汚れてしまったらクリーニングに出すしかないと思っていた。

「もちろん洗えます。ウールだと乾燥機を使うことはできませんが、今回はこのバックヤードで乾かします。私のパーカをお貸ししますので、それに着替えてください。確認したいことがあるので、ニットを見せてもらえますか？」

真奈さんに促されて、琴美はバックヤードでニットを脱いでパーカを羽織って店内に戻った。

三人で奥のシンクの前に行くと、真奈さんが受け取って厚手のざっくりした網目のニットを裏返して、タグの洗濯表示を確認した。

「では茜さん、ここからの解説はお任せします」

真奈さんに振られて、茜さんが「は、はいっ！」と頷いた。

「ニットを洗濯するときに大事なのはこの洗濯表示です」

そう言って茜さんが示したタグにはいろいろ記号が並んでいて、その中の洗濯機らしきマークにはバツ印が描かれていた。

続けて茜さんが指さした部分に目を凝らすと、洗濯桶に張った水に手を浸けているマークが描かれている。

「このマークが描かれている洋服は、四十度までの温度で中性洗剤を使って手洗いができるんです」

「中性洗剤？」

洗剤に、理科の実験で使う水溶液みたいに○○性なんて種類があることを、琴美はまったく知らなかった。

「中性洗剤っていうのは、〝おしゃれ着洗い〟なんて名前で売られている洗剤のことです。アルカリ性や弱酸性の、普通の洗剤ほど洗浄力が高くない代わりに、素材のダメージを最小限に抑えるのが特徴なんです」

「〝おしゃれ着洗い〟って、名前だけなら聞いたことがあります」

琴美はどうにか頷いた。

「一見、洗うのが難しそうな素材やデザインの洋服でも、洗濯表示にこの〝手洗い可〟のマークがあるものって結構多いんです。それではシンクに三十度のお湯を張って、しばらく中性洗剤に浸《ひた》しておきましょう。四十度までの温度でとの表示ですが、ウールに最適とされているのは三十度なので」

茜さんが一気に言ってから、「ですよね？」と真奈さんを振り返った。

「茜さん、ばっちりです。先ほどの〝三十度のお湯〟は、〝体温より少し低めの温度のお湯〟と言うと、もっとわかりやすいかもしれませんね」

　真奈さんが小さくぱちぱちと手を叩く。

「なるほど。三十度くらいって確かに〝体温より少し低めの温度〟のことですね。あとでメモをしておかなくちゃ」

「ウール素材の衣類にとって、三十度は水よりも洗浄力がありながらも、色落ちや縮み、型崩れが少なく、さらに手洗いの際の肌にも優しい、まさに適温です」

　真奈さんと茜さんが頷き合った。

「では、始めましょう」

　真奈さんが〝体温より少し低めの温度〟のお湯を入れた洗濯桶に中性洗剤を入れると、少し濃いめの甘い洗剤の匂いが漂った。

　そこへ丁寧に畳んだ琴美のニットをやさしく沈める。

「洗濯機で使っている洗剤と同じメーカーの比較的匂いが薄めのものですが、手洗いのときは少し匂いが強く感じるかもしれません。けれど、そっと数回押し洗いをしてからたくさんの水でしっかりすすげば、洗剤の匂いはほとんど落ちると思います」

　オフホワイトのニットが、いい匂いのする温かいお湯の中で揺れていた。

「……なんだか温泉みたい」

琴美は思わず呟いた。

ニットは、温泉に肩まで入ってうっとりのんびりしているように見えた。温泉に浸かった人のように、ほっと幸せなため息をついているようだ。強張っていた生地が、どんどん柔らかく解けていくのがわかる。

「すすぎの後は、洗濯ネットに入れて洗濯機で三十秒ほど脱水します。型崩れを最小限に抑えながら、水を切ることができます。店内の洗濯機では脱水機能だけを使うことはできないので、今日はバックヤードの洗濯機で脱水をします。しっかり脱水したら、平干し用のネットで型崩れしないようにして陰干しをします。明日以降、お時間があるときに取りにいらしてくださいね」

真奈さんがバックヤードを示した。

「では、手洗いの際は生地を傷めないのが肝心《かんじん》なので、浸け置き時間は五分程度にしておきます。これから押し洗いをしていきましょう。琴美さん、やってみますか？」

「はい」

琴美は腕まくりをして、シンクのお湯に手を浸した。

「……あったかい」

ニットを手に取る。お湯の中だと結構重い。

「こんな感じで、私の真似をしてやってみてください」

琴美は真奈さんの手元を見ながら、同じようにニットをお湯の中で揺らす。

オフホワイトのニットは空を泳ぐ鯉《こい》のぼりみたいに、お湯の中で楽しげに泳いでいる。

琴美はまるで自分が泳いでいるような気分になる。

ふいに、この服をとても好きになれたような気がした。

「……真奈さん、私、ものすごくたくさんの服を持っているんです。ファストファッションの安い服から、ブランドものの高い服まで、ありとあらゆる服を」

言葉が流れ出す。

「でも、ほとんどの服は数回着ただけですぐに飽《あ》きちゃって、少しも大事にしないで放り出してあるので、部屋の中はぐちゃぐちゃなんです。いくら服があっても、物があっても、まだまだ足りないって気持ちになって。私、自分の服も、自分のことも、少しも大事にできていませんでした」

改めて自分の部屋の中を思い浮かべる。少しも大事にされていない洋服の山を思い出して、ちくりと胸が痛んだ。

自分のことを良く見せるためだけに一瞬だけ着て、すぐに脱《ぬ》け殻《がら》のように放り捨てられてしまう服たち。もう着ない服はどうしてあんなに哀しそうなんだろう。

「私は、服って外の世界と自分の身体との境目だと思っています」

真奈さんが琴美をまっすぐに見て言う。

「心を込めてこうやって手洗いをした、綺麗でいい匂いのするお気に入りの服は、自分のことを守ってくれるような気がしませんか？」

琴美はお湯の中で泳ぐニットを見つめ、立ち上る洗剤のいい匂いに目を細めた。

確かに真奈さんの言うとおりだ。

清潔でいい匂いのこのニットは、きっと外の世界のいろんなたいへんなことから、私のことを守ってくれる。

琴美は心から、そんなふうに思うことができた。

8

「おはようございます」

朝のミケーネ運輸の営業所で、琴美は休憩所に入ると、いつもの癖で制服のポケットに入っているスマホを手に取った。

宅配の積み荷が届くまでの少しの間、毎朝ここで琴美はスマホを見つめていた。インスタを開こうとして、ふと手を止める。

操作をしていない黒い液晶画面に、自分の顔が薄《う》っすらと映っていることに気付いた。

昨夜、部屋の大掃除をしたせいで夜更《よふ》かしをしてしまった。顔が少し浮腫《むく》んで、目つきが鋭く見える。インスタ上のいつもの自分とは似ても似つかない、少しも可愛くない顔だ。

「おはようございます」

はっとして顔を上げると、事務員さんがお茶を運んでくれたところだった。慌ててスマホをポケットに戻した。

「ありがとうございます」

普段どおりに答えてから、琴美は意を決して、

「……いつも、お茶、ありがとうございます。とても美味しいです」

と続けてみた。

口に出してしまってからすぐに、顔から火が出るような気恥ずかしさを感じた。

運転技術もまだろくにないのに、いっぱしの大人ぶっていると笑われるのかもしれない。そんなネガティブな考えが浮かび、胃がきゅっとなる。

「あら、ほんとうですか？　嬉しい。今日も安全運転で頑張ってくださいね」

事務員さんが少し驚いたような顔をしてから、「今日のお茶は茶柱が立っているんで、とっても縁起がいいですよ」と満面の笑みで続けた。

湯呑《ゆのみ》の中で、小さな茶葉の茎《くき》が一本ゆらゆらと、けれどまっすぐに立っている。

「茶柱……。ほんとうだ！」

琴美が目を丸くして笑うと、事務員さんも一緒に笑った。

――今日は縁起がいい。

自分に言い聞かせるように心の中で呟いてから、琴美は休憩所の入口を見つめる。

「おっはようございまーす！」

いつもの時間にいつもどおりに、元気いっぱいの挨拶とともにアリサさんが休憩所に入って来た。

普段はその挨拶は、事務員さんたちに向けられたものだと思い込んで、「おはようございます」と、スマホに顔を向けたまま、ただ口だけ動かして挨拶をするだけだった。

けれど今日は違う。

「アリサさん、おはようございます」

琴美がまっすぐ見て言うと、アリサさんは、

「え？　何？　今日はどうした？　スマホなくした？」

と目を見開いた。

その驚き方に、うっと気が引けそうになったけれど、テーブルの上の茶柱が立った湯呑に目を向ける。

「実は、今日は、アリサさんにお願いがあるんです」

「お願いって、何？」

アリサさんが両手を腰に当てた。

「車庫入れ、教えてください！」

琴美は勢いよく頭を下げた。

「ネットでトラックドライバーの人が上げてる動画を観て、自分ひとりで練習してみたんです。でもやっぱりどうしても、うまくできないんです。一度でいいので、助手席で、ハンドルを切るタイミングと角度を指示していただけないでしょうか」

しばらくの沈黙のあと、アリサさんが、ぷっと噴き出す笑い声が響いた。

「ネットの動画なんかに命預けてどうすんの⁉」

琴美が顔を上げると、アリサさんがげらげら笑いながら、「教えるよ。もちろん教えるけど……」と大きく何度も頷いていた。

「小野寺さんって面白い人だね」

「えっ？」

琴美は耳を疑った。

「実際の運転技術や仕事ぶりなんてぜんぜんわからない人の動画は信じるのにさ、目の前にいる先輩の私には、今の今まで絶対に頼ろうとしてくれなかったじゃん。この前も、忙しくなる前に教えてあげるつもりで声を掛けたのに、自主練でって……。私って嫌われてた？」

「そんな、まさか」

大きく首を横に振った。

アリサさんのことは尊敬していたし、大事な先輩だ。だから迷惑を掛けてはいけないと思った。自分のせいで嫌な思いをさせてはいけないと思ったのだ。

「そう？　じゃあ、これからはもっと私を頼って。わからないことがあったらすぐに私に訊いて。それと──」

アリサさんが琴美をまっすぐに見た。

「私の話を、ちゃんと聞くこと」

息が止まった。

頬をぱちんと叩かれたような気がした。

「……はい。アリサさんの話、ちゃんと聞きます」

琴美は一言一言、嚙み締めるように答えた。

「オッケー。小野寺さん、今、何歳だっけ？　免許取って何年目？」

アリサさんの顔つきが変わった。

「今年、二十三です。普通運転免許は高校三年生の終わり、十八歳で取ったので五年目になります。中型免許は二十歳で取りました」

「高三で免許取ったんだ！　ってことは通学だよね？　いかにも大学に入ってから合宿で取ってそうだと思ったけど」

「免許を取るからには、いつか大型免許まで取りたいと思っているんで」

「なんで大型免許を取りたいの？」

アリサさんが身を乗り出した。

「実は亡くなった父方のお祖母ちゃん……祖母が、長野県で農作業をしていたんです。トラックを乗りこなしていて、すごく格好良かったんです！」

お祖母ちゃん、と口に出してしまった途端に、まるで別人のように自分の声が明るくなったのがわかった。

父方の祖母は長野県の小さな村で、農作業をしながらひとりで暮らしていた。母と結婚して婿養子に入った父が、何度横浜に呼び寄せようとしても、絶対に生まれた土地を離れないと言い張った。ならばせめてこれまで暮らしていた場所の近くで冷暖房の設備が整ったマンションに引っ越して欲しいと頼んでも、頑《かたく》なに首を縦に振らずに、亡くなる数日前まで畑仕事に励んでいたような人だった。

年に数回の家族での帰省のとき、緑に囲まれた古い家で祖母の近くにいるときだけ、琴美は深く息が吸えた。生きているだけで幸せだと感じることができた。気持ちを素直に表に出しても、決して嫌われることはない、お祖母ちゃんは私を好きでいてくれると安心できた。

その祖母がトラックのハンドルを握る姿はほんとうに格好良かった。いつもの優しい顔が急に真剣になって、目元が鋭くなった。少しも粗暴で荒々しい雰囲気ではないのにすごく強そうに見えた。

長年の畑仕事で曲がってしまった腰を気にもせず、ただ黙々と働く祖母の姿に、琴美が見てきた〝勝ち組〟の誰よりも自由と誠実さを感じた。

だから「まさかマリア女子大を出て、トラックドライバーになるなんて……」とどれほど父に失望されても、「お友達にあなたのことを訊かれたら、何と答えたらいいの⁉」と母に嘆かれても、自分の選んだ道は曲げたくなかった。

黙々と身体を動かして、真剣に自分の仕事に向き合って、〝お祖母ちゃんのように〟目の前に広がる世界をまっすぐに味わいたいと思ったのだ。

「へえ、お祖母ちゃん、かっこいいじゃん！　何乗ってたの？」

アリサさんが、琴美に釣られたように笑った。

「スズキのキャリイです」

アリサさんが「ええっ！」と叫んだ。

「ね、ねえ、それ、軽トラじゃん。一応トラックっぽい外見だけど、思いっきり普通免許で乗れるよ」

「小さい頃の私には、祖母のスズキのキャリイが、超大型トラックに見えたんです」

一瞬の間。

「……それ、すごくわかる。子供の頃に楽しい思い出がある車って、実際よりもデカく感じたよね。私も大好きな先生がいつも送り迎えしてくれた幼稚園のバスって、いすゞのガーラだと思っていたもん」

「ガーラですか！」

アリサさんが、夜間高速バスで使われる超大型バスの車種、ガーラの名前を出したので、琴美はぷっと噴き出して笑った。

「車庫入れ、今だったら少し時間取れるけど、やってみる？」

アリサさんが急に真面目な顔をして訊いた。目が鋭い。

〝女子〟なんて言葉を利用するわけではなく、反対に〝女子〟と呼ばれて嫌な気持ちになることもなく。

そんなつまらない括《くく》りを軽やかに撥《は》ね返す、ドライバーという自分の仕事に全力で向き合う大人の女性の顔だ。

私もアリサさんみたいになりたい。この人に、いろんなことを教わりたい。

「はいっ！　よろしくお願いいたします！」

琴美は勢いよく答えた。

9

ヨコハマコインランドリーの定休日の水曜日、ブラインドを下ろした店内の作業台で、真奈と充に見守られて、茜はアイロンを素早く動かした。

袖、襟、後身頃のアイロンがけを終えて、最後にいちばん目立つ前身頃に取り掛かった。

　アイロンがけが終わった瞬間に、まだ温かいワイシャツの胸のボタンを留める。皺を作らないように細心の注意を払って、一気に畳み終えた。

「よしっ!」

　思わずガッツポーズをした。

「茜さん、お見事です。九分十二秒です」

　充がストップウォッチを「ピッ」と鳴らして頷いた。

「やったー!」

「茜さん、すごく上達しましたね。よく頑張りました。これなら試験はバッチリじゃないですか」

　真奈が拍手で祝福してくれる。

「ありがとうございます。お二人のご指導のおかげです」

　茜は自分がアイロンがけをした真っ白なワイシャツを、晴れがましい想いで見つめた。

　何度も何度も洗濯して、アイロンがけの特訓に付き合ってもらったワイシャツは、決して新品には見えない。

　けれど、最初は型が崩れて皺だらけの仕上がりになってしまっていたワイシャツが、皺ひとつなく綺麗に畳まれているのを目にすると、おめかしをした子供のようで、どこか愛《いと》おしく思える。

「茜さんは、ほんとうに腕を上げたと思います。このワイシャツ、とてもいい雰囲気で、着てみたくなります」

充がワイシャツに目を向けた。

「ぜひ着て欲しいです！」

茜は思わず弾かれたように答えた。

「え？」

茜の真剣な様子に、充が目を丸くする。

「私がアイロンがけをしたワイシャツを人が着た姿、ぜひ見てみたいんです」

茜は鼻息荒く言った。

「僕でいいんですか？」

「もちろんです！　充先生に着てもらえたら、すごく嬉しいです！」

私のアイロンがけの技術を、ワイシャツの着心地まで含めて充先生に判定してもらいたい。それだけなのに、なぜか頬が熱くなるのを感じた。

「それじゃあ……。僕にはサイズが大きいので、羽織らせてもらいますね」

充が何の気負いもないくつろいだ仕草で、半袖のTシャツの上からワイシャツを羽織る。

皺ひとつないワイシャツが鳥の羽のように広がる。

と思ったのに、充が袖を通したその瞬間に、もうワイシャツの前身頃に大きめの皺が一本できてしまった。

――ああっ！

茜は心の中で大きな悲鳴を上げた。

茜の視線を辿った充はすぐに気付いて、にっこり笑った。

「この皺が気になるようなら、畳む前に一度、全体に風を通してアイロンの熱を取るといいですよ」

充がワイシャツを風に乗せるように、ふわりと揺らして見せた。

「なるほど！　アイロンの熱が残っていたせいで、皺ができてしまうんですね。これからは気を付けます」

茜は頷いた。

「最後まで気配りを忘れないことは大事です。けど、茜さんに、ひとつだけアドバイスです」

充が微笑んだ。

「皺ができるのって、ぜんぶがぜんぶ悪いわけじゃないですよ。ちゃんと生きている、動いているってことですから。皺があるおかげで、洋服の良さがより際立つときもあるんです」

「充先生の言うとおりです。すべての皺を取り去ろうと思ったら、皺ばかりが目に付いて、いつまでも完璧に辿り着けない気分になってしまいますしね」

「新井さんは、アイロンがけ教室に通い始めの頃はそんな感じでしたね」

真奈と充が顔を見合わせて笑った。

「心を込めて丁寧な作業をしてできたものであれば、きっとそれは、いい皺なんだと思います」

「いい皺、ですか……」

茜は充の言葉を繰り返した。

ようやくアイロンがけを試験の制限時間内に終えることができるようになったばかりの茜には、少し難しすぎる話だ。

けれど〝いい皺〟という言葉は、なんだかとても気に入った。

「これから、茜さんにいろいろお願いできることが増えそうで嬉しいです。そろそろ洗濯代行の仕事の手順も、ひとりですべてやっていただけるように、きちんと教えますね」

真奈の言葉にはっとした。

「洗濯代行、私に任せてもらえるんですか？」

「もちろんです。最初のうちは私がしっかりサポートしますので、どうぞよろしくお願いいたします」

——真奈さんが私を頼ってくれている。

新しい仕事を任せてもらえるのが、こんなに嬉しいことだとは思わなかった。

「ありがとうございます。頑張ります！」

胸が熱くなって涙ぐみそうになりながら言い切ったそのとき、ブラインドの下ろされた自動ドアの向こうから、

「おーい」

と大塚の声が聞こえた。

「あ、大塚さんですね。はいはい。いらっしゃいませ」

茜は電源を切ってある自動ドアをゆっくり手動で開けた。

「お疲れー。みんな、ちゃんといる？」

今日の大塚は、いつにも増して得意げな様子だ。

「もちろんでございます。みんなで、大塚さんのご到着を心よりお待ちいたしておりました」

茜はわざと丁寧に言って、深々と頭を下げた。

「大塚さん、今日はお誘いいただきありがとうございます」

充が言うと、大塚が「ぜんぜん！」と心底嬉しそうに応じる。

今日はこれからみんなで、リストランテ・タカオカのラムチョップを食べに行くのだ。

充と真奈は、ご馳走になるわけにはいかないと全力で固辞したけれど、大塚が「俺が誰かにワリカンで食事代請求するとか、あり得ないから！」と子供のように駄々を捏《こ》ねるので、結局、気持ちよくご馳走になると決めた。

「あれ？　琴美ちゃんは？」

大塚が店内を見回した。

「まだ約束の時間まで五分あるので。もうすぐ来ると思いますよ」

真奈が壁の時計を見た。

「あれから琴美ちゃん、元気そう？」

大塚が囁くと、真奈がにっこり笑って頷いた。

「琴美さん、急にたくましくなりました」

「へっ？」

「おそらく先輩ドライバーの方からアドバイスをもらって、身体を鍛え始めたのだと思います。足も腕も筋肉が引き締まって、前よりももっと素敵になりましたよ」

「そ、そっか。それは良かった」

大塚が少しだけ気が引けたような顔をしてから、「実は琴美ちゃん、SNSもずいぶん変わったんだよ」とスマホを取り出した。

「え？　これが琴美ちゃんのアカウントですか？」

横から覗き込んだ茜は、目を瞠った。

琴美ちゃんのアカウントの写真は、前と同じように素敵な景色や美味しそうな食事で彩られていた。さらに先輩との車庫入れの練習風景やフロントガラスから見える光景など、トラックドライバーであることを窺《うかが》わせる投稿もある。

しかし、ひとつだけ大きく違うのは、そこに琴美ちゃんの姿が登場していないことだ。

画像は琴美ちゃんが目にしたもの、琴美ちゃんの視点からの景色ばかりだ。

スマホのカメラは琴美ちゃん自身にではなく、常にまっすぐ外の世界に向いていた。

《二年前に買ったお気に入りのニットワンピを、家で手洗いしてみました。すごーく綺麗になって、いい匂いになったよ！》

ひとつの投稿写真に目が留まった。

ざっくりした、ボリュームのあるグレーのニットワンピースの写真だ。木製のお洒落なテーブルの上に広げて置いてある。

ニットワンピースには購入したばかりのかっちりした雰囲気はなく、ほんの少し型崩れしてしまっているようだ。

けれどそのニットワンピースは、お風呂上がりのようにさっぱりとして清潔で、いい匂いがしていそうに見えた。

「あ、琴美さん」

真奈の声に、茜は慌ててスマホを大塚に返す。

「こんにちはー」

向こうから、今見たばかりのグレーのニットワンピース姿の琴美ちゃんが笑顔で手を振りながら近づいてくる。

確かに言われてみると、細身のワンピースのせいでより目立つせいもあるかもしれないが、明らかに二の腕あたりが引き締まり、細マッチョな身体になっている。

「こ、琴美ちゃん、少し雰囲気変わったね」

大塚が裏返った声で言った。

「真奈さんが言ったとおり、前よりずっと素敵になりましたよね」

茜が念を押すように言うと、大塚は、

「う、うん。もちろんだよ！」

と目を白黒させる。

街路樹の色が変わりかけた横浜の街を、力強い足取りでこちらにやってくる、それでもやっぱり可愛い琴美ちゃんの姿に、茜は実家のゴールデンレトリバーのネネちゃんのことを思い出して、にっこり笑った。

この作品は書下ろしです。また本書はフィクションであり、登場する人物、および団体名は、実在するものといっさい関係ありません。

横浜コインランドリー　今日も洗濯日和

一〇〇字書評

切・り・取・り・線

購買動機（新聞、雑誌名を記入するか、あるいは○をつけてください）

□（　　　　　　　　　　）の広告を見て	
□（　　　　　　　　　　）の書評を見て	
□ 知人のすすめで	□ タイトルに惹かれて
□ カバーが良かったから	□ 内容が面白そうだから
□ 好きな作家だから	□ 好きな分野の本だから

・最近、最も感銘を受けた作品名をお書き下さい

・あなたのお好きな作家名をお書き下さい

・その他、ご要望がありましたらお書き下さい

住所	〒				
氏名		職業		年齢	
Eメール	※携帯には配信できません	新刊情報等のメール配信を 希望する・しない			

この本の感想を、編集部までお寄せいただけたらありがたく存じます。今後の企画の参考にさせていただきます。Eメールでも結構です。

いただいた「一〇〇字書評」は、新聞・雑誌等に紹介させていただくことがあります。その場合はお礼として特製図書カードを差し上げます。

前ページの原稿用紙に書評をお書きの上、切り取り、左記までお送り下さい。宛先の住所は不要です。

なお、ご記入いただいたお名前、ご住所等は、書評紹介の事前了解、謝礼のお届けのためだけに利用し、そのほかの目的のために利用することはありません。

〒一〇一－八七〇一
祥伝社文庫編集長　清水寿明
電話　〇三（三二六五）二〇八〇

祥伝社ホームページの「ブックレビュー」からも、書き込めます。

www.shodensha.co.jp/bookreview

祥伝社文庫

横浜《よこはま》コインランドリー　今日《きょう》も洗濯日和《せんたくびより》

令和 6 年 6 月20日　初版第 1 刷発行

著　者　泉《いずみ》ゆたか

発行者　辻　浩明

発行所　祥伝社《しょうでんしゃ》

東京都千代田区神田神保町 3-3
〒101-8701
電話　03（3265）2081（販売部）
電話　03（3265）2080（編集部）
電話　03（3265）3622（業務部）
www.shodensha.co.jp

印刷所　萩原印刷
製本所　積信堂
カバーフォーマットデザイン　芥 陽子

Printed in Japan ©2024, Yutaka Izumi　ISBN978-4-396-35056-7 C0193

祥伝社文庫の好評既刊

泉ゆたか
横浜コインランドリー
困った洗濯物も人に言えないお悩みもコインランドリーで解決します。心がすっきり&ふんわりする洗濯物語。

彩瀬まる
まだ温かい鍋を抱いておやすみ
食べるってすごいね。生きたくなっちゃう――大切な「あのひと口」の記憶を紡ぐ、六つの食べものがたり。

五十嵐貴久
愛してるって言えなくたって
一時の迷いか、本気の恋か？　妻子持ち三十九歳営業課長×二十八歳新入男子社員の爆笑ラブコメディ。

五十嵐貴久
命《いのち》の砦《とりで》
聖夜の新宿地下街で同時多発火災が発生し、大爆発の危機が迫る。史上最悪の事態に女消防士・神谷夏美は……。

井上荒野
赤へ
ふいに浮かび上がる「死」の気配。そのとき炙り出される人間の姿とは。直木賞作家が描く、傑作短編集。

井上荒野
ママナラナイ
老いも若きも男も女も、心と体は刻々と変化する。ままならぬ、制御不能な心身を描いた、極上の十の物語。

祥伝社文庫の好評既刊

小野寺史宜　ひと

両親を亡くし、大学をやめた二十歳の秋。人生を変えたのは、一個のコロッケだった。二〇一九年本屋大賞第二位！

小野寺史宜　まち

幼い頃、両親を火事で亡くした瞬一は、高校卒業後祖父の助言で東京へ。下町を舞台に描かれる心温まる物語。

大木亜希子　人生に詰んだ元アイドルは、赤の他人のおっさんと住む選択をした

アラサーの元アイドルとバツイチ中年おやじが同居⁉ 恋愛や将来の不安を赤裸々に綴った悩める女子物語。

垣谷美雨　農ガール、農ライフ

職なし、家なし、彼氏なし――。どん底女、農業始めました。一歩踏み出す勇気をくれる、再出発応援小説！

垣谷美雨　定年オヤジ改造計画

鈍感すぎる男たち。変わらなきゃ、長い老後に居場所なし！　長寿時代を生き抜くための〝定年小説〟新バイブル！

小池真理子　間違われた女　新装版

一通の手紙が、新生活に心躍らせる女を恐怖の底に落とした。些細《ささい》な過ちが招いた悲劇とは――。

祥伝社文庫の好評既刊

小池真理子　追いつめられて　新装版

こんなはずではなかったのに――ふとしたきっかけが恐怖の落とし穴の始まりだった。極上サスペンス全六編。

小杉健治　もうひとつの評決

その判決は、ほんとうに正しかったのか？　母娘殺害事件を巡り、6人の裁判員は究極の選択を迫られる。

小杉健治　偽証法廷

絞殺現場から密かに証拠を持ち去った刑事の大場。それは幼馴染の右田の物だった。大場は彼の行方を追うが……。

こざわたまこ　君には、言えない

元恋人へ、親友へ――憧憬、後悔、反発……あの日、言えなかった〝君〟への本当の気持ちを描く六つの短編集。

近藤史恵　スーツケースの半分は

あなたの旅に、幸多かれ――青いスーツケースが運ぶ〝新しい私〟との出会い。心にふわっと風が吹く幸せつなぐ物語。

近藤史恵　夜の向こうの蛹《さなぎ》たち

二人の小説家と一人の秘書。才能と容姿が生む嫉妬、そして疑惑とは？　三人の女性による心理サスペンス。

祥伝社文庫の好評既刊

中田永一
吉祥寺の朝日奈くん
切なさとおかしみが交叉《こうさ》するミステリ的表題作など、恋愛の〝永遠と一瞬〟がギュッとつまった新感覚な恋物語集。

中田永一
私は存在が空気
存在感を消した少女は恋を知り、引きこもり少年は瞬間移動で大切な人を救う。小さな能力者たちの、切ない恋。

中山七里
ヒポクラテスの試練
伝染《うつ》る謎の〝肝臓がん〟？　自覚症状もなく、ＭＲＩでも検出できない。法医学者光崎が未知なる感染症に挑む！

中山七里
ヒポクラテスの悔恨
「一人だけ殺す。絶対に自然死にしか見えないかたちで」光崎教授に犯行予告が。犯人との間になにか因縁が？

原田ひ香
ランチ酒　おかわり日和
離婚し、「見守り屋」の仕事を始めた犬森祥子。半年ぶりに元夫と暮らす小三の娘に会いに行くが……。

原田ひ香
ランチ酒　今日もまんぷく
犬森祥子は久々の恋に戸惑っていた。気がかりなのは元夫に引き取られた娘のこと。祥子が選んだ道とは？

祥伝社文庫の好評既刊

藤崎翔
モノマネ芸人、死体を埋める
死体を埋めなきゃ芸人廃業!? 咄嗟の機転で完全犯罪を目論むが……。騙し騙され、極上伏線回収ミステリー!

藤崎翔
お梅は呪《のろ》いたい
五百年の眠りから覚めた呪いの人形・お梅。現代人を呪うつもりが、間違えて次々に幸せにしてしまう!?

松嶋智左
黒バイ捜査隊 巡査部長・野路明良《のじあきら》
不審車両から極めて精巧な偽造免許証が見つかった。運転免許センターに異動した野路明良が調べ始めると……。

松嶋智左
出署拒否 巡査部長・野路明良《のじあきら》
辞表を出すか、事件を調べるか。クビ寸前の引きこもり新人警官と元白バイ隊エース野路が密かに殺人事件を追う。

矢樹純
夫の骨
結末に明かされる九つの意外な真相が不器用で、いびつで、時に頼りない、現代の〝家族〟を鋭くえぐり出す!

柚木麻子
早稲女《ワセジョ》、女、男
自意識過剰で面倒臭い早稲女の香夏子《かなこ》と、彼女を取り巻く女子五人。東京で生きる女子の等身大の青春小説。